Vorwort

Es ist eine interessante Tatsache, daß nur sehr wenige Schriftsteller aus eigenem Antrieb erotische Erzählungen oder Bekenntnisse niedergeschrieben haben. Sogar in Frankreich, wo die Erotik angeblich eine so wichtige Rolle spielt, sahen sich die Autoren, die so etwas doch taten, lediglich von der Not dazu gezwungen – der Geldnot.

Die Erotik im Rahmen eines Romans oder einer Erzählung zu Wort kommen zu lassen, ist eines; sich ausschließlich mit ihr zu beschäftigen jedoch etwas ganz anderes. Ersteres ist wie das Leben selbst. Es ist, möchte ich sagen, etwas Natürliches, Aufrichtiges, wie in den sinnlichen Passagen bei Zola oder Lawrence. Sich aber ausschließlich auf die Sexualität zu konzentrieren, ist unnatürlich. Das gleicht dann etwa dem Leben einer Prostituierten, einer anomalen Betätigung also, aufgrund derer sich die Prostituierte schließlich von der Sexualität abkehrt. Vielleicht ist den Schriftstellern das bekannt. Und vielleicht haben sie deshalb, wie auch Mark Twain, nur gerade *ein* Bekenntnis, höchstens ein paar Erzählungen geschrieben, um auf diese Weise ihre Aufrichtigkeit den Dingen des Lebens gegenüber unter Beweis zu stellen.

Doch was geschieht mit einer Gruppe von Schriftstellern, die so dringend Geld benötigen, daß sie sich ausschließlich der Erotik widmen? Wie wirkt sich diese Tatsache auf ihr Leben, auf ihre Einstellung der Welt gegenüber, auf ihre Arbeit aus? Wie wirkt es sich auf ihr Sexualleben aus?

Dabei muß ich zunächst erklären, daß ich die Beichtmutter einer derartigen Gruppe war. In New York ist alles stets härter, grausamer als anderswo. Ich mußte mich um viele Menschen, um viele Probleme kümmern, und da ich im Wesen sehr stark George Sand ähnelte, die ganze Nächte hindurch schrieb, um ihre Kinder, Liebhaber und Freunde versorgen zu können, mußte ich unbedingt Arbeit finden. So wurde ich, was ich als »Madame« eines ungewöhnlichen Hauses literarischer Prostitution bezeichnen möchte. Es war eine überaus künstlerisch ausgestattete *maison*, muß ich sagen, ein einziger Raum, ein Atelier mit Oberlichtfenstern, die ich derart bemalte, daß sie wie Fenster einer heidnischen Kathedrale wirkten.

Bevor ich meinen Beruf ergriff, galt ich als Dichterin, als eine unabhängige Frau, die nur zu ihrem Vergnügen schrieb. Es kamen viele junge Schriftsteller und Dichter zu mir. So unterschiedlich sie in ihrem Wesen, ihren Neigungen, Gewohnheiten und Lastern auch waren, eines hatten sie alle gemeinsam: Sie waren arm. Verzweifelt arm. Nicht selten verwandelten sie meine *maison* in ein Kaffeehaus, das sie hungrig, schweigend aufsuchten, und dann aßen wir Haferflocken, weil das am billigsten war und man behauptete, es mache stark.
Die meisten Erotika wurden mit leerem Magen geschrieben. Nun wird durch den Hunger in hohem Maße die Phantasie angeregt; er produziert keine sexuellen Kräfte, und die sexuellen Kräfte produzieren keine außergewöhnlichen Erlebnisse. Je größer der Hunger, desto größer das Verlangen – wie bei Gefangenen, wild und quälend. Daher lebten wir in einer für das Gedeihen der Blume Erotik absolut perfekten Welt.
Gewiß, wenn man zu lange hungert, wird man zum Tramp. Die Männer, die entlang des East River, an der Bowery in Hauseingängen schlafen, haben, wie es heißt, überhaupt kein Geschlechtsleben. Diesen Zustand jedoch hatten meine Schriftsteller – obwohl einige von ihnen an der Bowery wohnten – bisher noch nicht erreicht.
Und ich – ich hatte meine richtige schriftstellerische Arbeit aufgegeben, als ich mich auf die Suche nach der Erotik machte. Dies sind nun meine Abenteuer in jener Welt der »Prostitution«. Sie aus mir herauszuholen, war anfangs nicht leicht. Denn das Geschlechtsleben liegt bei uns allen – den Dichtern, Schriftstellern, Malern – unter vielen Schichten verborgen. Es gleicht einer verschleierten Frau: halb erträumt.

Kleine Vögel

Manuel und seine Frau waren arm, daher fanden sie, als sie in Paris eine Wohnung suchten, nur zwei finstere Zimmer im Souterrain, die auf einen kleinen, luftlosen Hinterhof hinausgingen. Manuel war traurig darüber, denn er war Maler und hatte hier kein richtiges Licht für seine Arbeit. Seiner Frau war es gleichgültig; sie ging jeden Tag in den Zirkus, um ihre Trapeznummer zu trainieren.
In diesen dunklen, halb unterirdischen Räumen bekam sein gesamtes Leben den Anstrich einer Gefangenschaft. Das Concierge-Ehepaar war steinalt, und die Mieter hatten anscheinend beschlossen, ein Altersheim aus dem Haus zu machen.
So wanderte Manuel durch die Straßen, bis er eines Tages ein Schild entdeckte: Zu vermieten. Man zeigte ihm zwei Dachkammern, die zwar wie ein Elendsquartier aussahen, doch eines der Zimmer hatte eine Terrasse, und als Manuel auf diese Terrasse hinaustrat, schlug ihm der Lärm spielender Kinder entgegen. Auf der anderen Straßenseite lag eine Schule, und die Mädchen verbrachten die Pause auf dem Hof unmittelbar unterhalb seiner Terrasse.
Mit glühenden Wangen und aufkeimendem Lächeln sah Manuel ihnen eine Weile zu. Ein leichtes Zittern überfiel ihn, wie bei einem Mann, den große Freuden erwarten. Am liebsten hätte er die Wohnung sofort bezogen, doch als er Thérèse am Abend überredet hatte, mit ihm zu kommen und sie sich anzusehen, fand sie dort nichts weiter als zwei unbewohnbare, schmutzstarrende und verwahrloste Kammern. Immer wieder sagte Manuel: »Aber hier ist wenigstens Licht, hier habe ich das richtige Licht zum Malen; und außerdem gibt es eine Terrasse.« Thérèse antwortete achselzuckend: »Ich will aber nicht hier wohnen.«
Da wurde Manuel zum Handwerker. Er kaufte Farbe, Kleister, Holz. Er mietete die beiden Zimmer und machte sich daran, sie zu renovieren. Er hatte nie gern gearbeitet, doch diesmal nahm er sich vor, die beste Zimmermanns- und Anstreicherarbeit zu leisten, die man jemals gesehen hatte, um die Wohnung schön genug für Thérèse zu machen. Während er strich, reparierte, klebte und hämmerte, hörte er auf dem Schulhof unten

das Lachen der kleinen Mädchen. Aber er nahm sich zusammen, wartete auf den richtigen Augenblick. Er erging sich in Phantasievorstellungen darüber, wie sein Leben in dieser Wohnung, gegenüber der Mädchenschule, wohl aussehen würde.
Innerhalb von zwei Wochen war die Wohnung verwandelt. Die Wände leuchteten schneeweiß, die Türen schlossen, die Schränke konnten benutzt werden, die Löcher im Fußboden waren verschwunden. Dann holte er Thérèse. Sie war überwältigt und sofort zum Umzug bereit. Innerhalb eines Tages wurden ihre Habseligkeiten auf einem Karren gebracht. In dieser neuen Wohnung, erklärte Manuel, könne er malen, weil er genügend Licht habe. Fröhlich und völlig verändert tanzte er in den Zimmern umher. Thérèse war glücklich, als sie ihn so sah.
Am nächsten Morgen, als ihre Sachen immer noch erst zur Hälfte ausgepackt waren und sie ohne Bettwäsche geschlafen hatten, begab sich Thérèse zu ihrem Trapeztraining und überließ Manuel das Aufräumen. Statt jedoch auszupacken, verließ er das Haus und ging zum Vogelmarkt, wo er das Geld, das Thérèse ihm für den Einkauf von Lebensmitteln gegeben hatte, für einen Käfig und zwei tropische Vögel ausgab. Dann kehrte er nach Hause zurück und hängte den Käfig draußen auf die Terrasse. Eine Weile blickte er zu den spielenden Kindern hinab und genoß den Anblick der Mädchenbeine unter den flatternden Röcken. Wie sie bei ihren Spielen übereinanderfielen, wie ihre Haare beim Laufen flogen! Schon begannen sich die Rundungen der winzigen, knospenden Brüste abzuzeichnen. Sein Gesicht war gerötet; er säumte nicht länger. Manuel hatte einen Plan, der zu perfekt war, um ihn noch aufzugeben. Drei Tage lang gab er das Lebensmittelgeld für alle möglichen Vögel aus, die Terrasse wimmelte nur so von ihnen.
Jeden Morgen um zehn ging Thérèse zu ihrem Training, und die Wohnung war voller Sonnenlicht, voll Lachen und den fröhlichen Rufen der kleinen Mädchen.
Am vierten Tag trat Manuel auf die Terrasse hinaus. Um zehn hatten die Kinder große Pause. Der Schulhof war belebt. Für Manuel war es eine Orgie von Beinen und kurzen Röckchen, unter denen man beim Spielen die weißen Höschen hervorblitzen sah. Fieberhafte Erregung packte ihn, als er da zwischen den Vögeln stand, doch schließlich hatte sein Plan Erfolg: Die kleinen Mädchen blickten zu ihm empor.
»Kommt doch herauf und seht sie euch an!« rief Manuel. »Ich habe Vögel aus der ganzen Welt. Sogar einen aus Brasilien, der einen Affenkopf hat.«
Die Kinder lachten, doch nach der Schule kamen ein paar von ihnen, von Neugier getrieben, zu ihm in die Wohnung heraufgelaufen. Da Manuel fürchtete, Thérèse könne plötzlich auftauchen, zeigte er ihnen tatsächlich

nichts als die Vögel, über deren bunte Schnäbel, Possen und seltsame Laute sie sich amüsierten. Er ließ sie ruhig schwatzen und staunen, damit sie sich an die Umgebung gewöhnten.
Als Thérèse um halb zwei nach Hause kam, hatte er den Mädchen das Versprechen abgenommen, ihn schon am nächsten Mittag gleich nach der Schule abermals zu besuchen.
Zur verabredeten Zeit erschienen sie, um wieder den Vögeln zuzusehen – vier kleine Mädchen unterschiedlicher Größe: eine mit langem Blondhaar, die andere mit Locken, die dritte rundlich und träge, die vierte schlank, scheu, mit großen Augen.
Als sie da standen und die Vögel bewunderten, wurde Manuel immer nervöser und erregter. »Entschuldigt mich«, sagte er daher, »ich muß pinkeln.«
Er ließ die Toilettentür offen, damit sie ihn sehen konnten. Aber nur eine von ihnen, die schlanke, scheue, wandte den Kopf und richtete den Blick auf ihn. Manuel stand mit dem Rücken zu den Kindern, blickte aber über die Schulter zurück, um zu sehen, ob sie ihn beobachteten. Als er das scheue Mädchen mit den riesigen Augen bemerkte, wandte sie schnell den Blick ab. Manuel mußte seine Hose schließen. Er wollte sich nicht durch eine Unvorsichtigkeit das Vergnügen verderben. Dies war jetzt genug für heute.
Die großen Augen, deren Blick sich auf ihn gerichtet hatten, verfolgten ihn den ganzen Tag; verträumt präsentierte er seinen ruhelosen Penis dem Spiegel wie ein Stück Zuckerwerk, eine Frucht oder ein Geschenk.
Manuel war sich durchaus bewußt, daß die Natur ihn, was die Größe betraf, verschwenderisch ausgestattet hatte. Es traf zwar zu, daß sein Glied erschlaffte, sobald er sich einer Frau näherte, sobald er sich zu einer Frau legte; es traf zwar zu, daß es ihn im Stich ließ, sobald er Thérèse geben wollte, was sie verlangte; aber es traf auch zu, daß dieser Penis, sobald eine Frau ihn nur betrachtete, zu überwältigenden Proportionen anschwoll und sich überaus kraftvoll gab. Dann zeigte er sich von seiner besten Seite.
Während der Stunden, in denen die Mädchen in ihren Klassenzimmern saßen, frequentierte er die *pissoirs* von Paris, von denen es so unendlich viele gab – jene kleinen runden Pavillons, türenlose Labyrinthe, aus denen ständig Männer kamen, die sich ungeniert die Hose zuknöpften, während sie einer eleganten Dame dreist ins Gesicht starrten, einer vornehmen Dame, die nicht gleich merkte, daß dieser Mann aus dem *pissoir* kam, und die dann schamhaft den Blick senkte. Dieses Spiel gehörte zu Manuels größten Freuden.
Zuweilen stand er auch am Urinbecken und blickte an den Häusern empor, wo vielleicht eine Frau am Fenster oder Balkongitter lehnte, die

von dort oben sehen konnte, wie er seinen Penis in der Hand hielt. Von Männern beobachtet zu werden, bereitete ihm kein Vergnügen, sonst hätte er sich wie im Paradies gefühlt, denn die Männer verstehen es alle geschickt, ruhig vor sich hinzupinkeln und dabei den Nachbarn bei der gleichen Verrichtung zu beobachten. Und kleine Jungen kamen oft nur herein, um sich gegenseitig bei dieser Handlung zuzusehen oder sogar zu helfen.

An dem Tag, an dem ihn das scheue Mädchen angesehen hatte, war Manuel glücklich. Er meinte, von nun an werde es ihm leichter fallen, sich zu befriedigen – *wenn* er sich beherrschen könne. Er fürchtete vor allem das ungestüme Begehren, das ihn überfiel, den Drang, sich zu zeigen, koste es, was es wolle; denn damit würde er alles verderben.

Jetzt wurde es Zeit für den nächsten Besuch, und schon kamen die Mädchen die Treppe heraufgestürmt. Manuel hatte sich in einen Kimono gehüllt, der sich zuweilen wie zufällig öffnete.

Die Vögel machten ihre Sache gut; sie keiften, schnäbelten und zankten sich. Manuel stand hinter den Mädchen. Unversehens öffnete sich sein Kimono, und als ihn langes, blondes Haar berührte, verlor er den Kopf. Statt seinen Kimono zu schließen, öffnete er ihn noch weiter, und als die Mädchen sich zu ihm umdrehten, sahen sie ihn alle da stehen: beinah wie in Trance, mit seinem riesigen, steil aufgerichteten Glied, das sich ihnen prall entgegenreckte. Sie schreckten zusammen wie kleine Vögel und liefen davon.

Die Frau in den Dünen

Louis konnte nicht schlafen. Er wälzte sich im Bett auf den Bauch, barg das Gesicht im Kopfkissen und rieb sich an den heißen Laken, als liege er auf einer Frau. Als diese Reibung jedoch die Glut in seinem Körper nur schürte, hielt er inne.

Er stieg aus dem Bett und sah auf die Uhr. Zwei Uhr nachts. Was konnte er tun, seine fiebernde Erregung zu lindern? Er verließ sein Atelier. Der Mond schien so hell, daß er die Straßen deutlich erkennen konnte. Im Ort, einem Küstendorf der Normandie, gab es zahlreiche kleine Hütten, die man für eine Nacht oder eine Woche mieten konnte. Louis wanderte ziellos umher.

Dann sah er, daß in einer Hütte Licht brannte. Sie stand abseits, im Wald. Es verwunderte ihn, daß jemand noch so spät auf war. Lautlos, der Klang seiner Schritte vom Sand verschluckt, näherte er sich. Die Jalousien waren heruntergelassen, aber nicht fest geschlossen; daher konnte er ins Zimmer hineinsehen. Und seinem Blick bot sich eine höchst erstaunliche Szene: ein sehr breites Bett, überhäuft mit Kissen und zerwühlten Decken, als habe auf ihm bereits ein Kampf stattgefunden; ein Mann, der wie ein Pascha im Harem bequem an einem Kissenberg lehnte, gelassen und zufrieden, nackt, die Beine ausgestreckt; und eine Frau, ebenfalls nackt, von der Louis nur den Rücken sah, die sich vor diesem Pascha wand und schlängelte und so großes Vergnügen an dem fand, was sie mit ihrem Kopf zwischen seinen Beinen tat, daß ihr Hinterteil bebte und zuckte, daß sich die Muskeln ihrer Beine spannten, als mache sie sich sprungbereit.

Dann und wann legte der Mann ihr die Hand auf den Kopf, als wolle er ihrer Raserei Einhalt tun. Er versuchte, sich ihr zu entziehen. Da sprang sie jedoch behende auf und kauerte sich über sein Gesicht. Jetzt machte er keine Bewegung mehr. Sein Gesicht befand sich unmittelbar unter ihrem Geschlecht, das sie ihm, vorgebeugt und den Bauch herausgepreßt, offen darbot.

Da er sich unter ihr nicht rühren konnte, war sie es, die sich seinem Mund näherte, der sie bis jetzt noch nicht erreicht hatte. Louis sah, wie das Geschlecht des Mannes sich aufrichtete und anschwoll, wie er versuchte, sie ganz zu sich herabzuziehen. Doch sie verhielt dicht über ihm und genoß den Anblick ihres eigenen schönen Leibes, ihrer Haare und ihres Geschlechts, die seinem Mund so nahe waren.

Dann senkte sie sich langsam auf ihn nieder und beobachtete mit geneigtem Kopf, wie sein Mund zwischen ihren Beinen verschwand.

Diese Stellung behielten sie sehr lange bei. Louis befand sich in so großer Erregung, daß er das Fenster verlassen mußte. Wäre er länger geblieben, er hätte sich zu Boden werfen und sein brennendes Verlangen stillen müssen, und das wollte er nicht.

Allmählich hatte er das Gefühl, daß in jeder Hütte etwas vor sich ging, an dem er gern teilgenommen hätte. Er schritt jetzt schneller aus, verfolgt von dem Bild des Mannes und der Frau, des runden, festen Leibes der Frau, als sie sich über den Mann hockte ...

Kurz darauf erreichte er die Dünen und ihre Einsamkeit. In der klaren Nacht glänzten sie wie schneeige Hügel. Hinter ihnen lag das Meer, dessen Brandung er hörte. Im weißen Mondlicht ging er weiter. Und sah eine Gestalt, die leichten und schnellen Schrittes vor ihm einhereilte. Es war eine Frau. Sie trug eine Art Cape, das der Wind wie ein Segel blähte, und schien von ihm vorwärtsgetrieben zu werden. Er würde sie niemals einholen können.

Sie eilte dem Meer zu. Er folgte ihr. Lange wanderten sie durch die schneeweißen Dünen. Am Wasser warf sie die Kleider ab und stand nackt in der Sommernacht. Sie lief in die Brandung. Louis machte es ihr nach, zog sich ebenfalls aus und warf sich ins Wasser. Da erst entdeckte sie ihn. Zunächst verhielt sie sich still. Doch als sie im Mondlicht deutlich den jungen Körper, den schönen Kopf und sein Lächeln sah, schwand ihre Angst. Er schwamm auf sie zu. Sie lächelten einander an. Sein Lächeln war sogar bei Nacht blendend; genau wie das ihre. Sie konnten kaum etwas anderes erkennen als das Lächeln und die Umrisse des vollkommen gestalteten Körpers des anderen.

Er näherte sich ihr. Sie duldete es. Plötzlich schwamm er geschickt und graziös über sie hinweg, berührte kurz ihren Körper und war vorbei.

Sie schwamm weiter, und er wiederholte das Manöver. Dann richtete sie sich auf, er tauchte und schwamm zwischen ihren Beinen hindurch. Sie lachten. Beide bewegten sich leicht und sicher im Wasser.

Er war zutiefst erregt und schwamm mit steifem Glied. Sie näherten sich einander, geduckt wie zum Kampf. Er drängte sich an sie, und sie spürte seinen straffen, gespannten Penis. Er schob ihn zwischen ihre Beine. Sie berührte ihn. Seine Hände suchten sie, liebkosten sie überall. Dann zog sie sich abermals zurück, und er mußte sie schwimmend fangen. Wieder lag sein Penis leicht zwischen ihren Beinen; dann zog er sie fester an sich und wollte in sie eindringen. Sie riß sich los und lief aus dem Wasser in die

Dünen. Tropfend, vor Nässe glänzend, lachend verfolgte er sie. Die Wärme beim Laufen entzündete sein Feuer von neuem. Sie fiel in den Sand, und er warf sich auf sie.
Und dann, in dem Moment, da er sie am heftigsten begehrte, versagte plötzlich seine Kraft. Wartend lag sie da, lächelnd und feucht, doch sein Verlangen welkte dahin. Louis war verwirrt. Seit Tagen schon quälte ihn das Verlangen. Er wollte diese Frau nehmen und konnte es nicht. Er war zutiefst gedemütigt.
Seltsamerweise wurde ihr Ton zärtlich. »Wir haben viel Zeit«, sagte sie. »Geh nicht fort. Es ist schön, so.«
Ihre Wärme ging auf ihn über. Sein Verlangen kehrte nicht wieder, aber es war schön, sie zu spüren. Die Körper aneinandergeschmiegt, lagen sie da, sein Bauch auf dem ihren, sein Schamhaar das ihre reibend, ihre Brüste gegen seine Brust gedrückt, ihr Mund auf den seinen gepreßt.
Dann glitt er langsam von ihr herab, um sie zu betrachten – ihre langen, glatten Beine, ihr volles Schamhaar, ihr langes Haupthaar, ihren breiten, lächelnden Mund.
Er hockte da wie ein Buddha. Sie beugte sich vor und nahm seinen kleinen, erschlafften Penis in den Mund. Mit einer Hand berührte sie seine Hoden, mit der anderen bewegte sie seinen Schwanz hin und her, umschloß ihn und rieb ihn sanft. Sie rutschte näher, nahm den Penis und führte ihn zwischen ihre Beine. Behutsam rieb sie ihn an ihrer Klitoris, immer wieder. Louis beobachtete ihre Hand; er dachte, wie schön sie doch sei, die den Penis hielt, als wäre er eine Blume. Sein Glied regte sich, wurde aber nicht steif genug, um in sie einzudringen.
An der Öffnung ihres Geschlechts sah er, im Mondlicht glitzernd, die Feuchtigkeit ihres Verlangens erscheinen. Sie rieb weiter. Die zwei Körper, beide schön, beugten sich über diese köstliche Bewegung; der kleine Penis spürte die Berührung ihrer Haut, ihres heißen Fleisches, genoß die Reibung.
»Gib mir deine Zunge«, forderte sie und beugte sich vor. Ohne mit dem Reiben aufzuhören, nahm sie seine Zunge in den Mund und berührte die Spitze mit ihrer eigenen. Jedesmal, wenn der Penis ihre Klitoris berührte, berührte ihre Zunge die seine. Und Louis fühlte, wie die Wärme zwischen seiner Zunge und seinem Penis hin und her strömte.
Mit rauher Stimme verlangte sie: »Streck deine Zunge heraus, ganz weit!«
Er gehorchte. Abermals rief sie: »Ganz heraus! Ganz weit ...« – wie im Fieber –, und als er gehorchte, durchzuckte ein Gefühl seinen Körper, als recke sich sein Penis der Frau entgegen, strecke sich bis in sie hinein.
Sie ließ ihren Mund offen, zwei schlanke Finger um seinen Penis gelegt, die Beine erwartungsvoll gespreizt.

Louis befand sich in höchster Erregung, das Blut jagte durch seinen Körper bis in den Penis. Der sich versteifte.
Die Frau wartete. Sie nahm sein Glied nicht sofort. Sie ließ ihn dann und wann mit seiner Zunge die ihre berühren. Sie ließ ihn hecheln wie einen läufigen Hund, sein ganzes Sein sich öffnen, sich ihr entgegenrecken. Er betrachtete den roten Mund ihres Geschlechts, offen und wartend, und plötzlich wurde er so sehr von der Heftigkeit seines Verlangens geschüttelt, daß sich sein Penis endlich ganz aufrichtete. Er warf sich, seine Zunge in ihrem Mund, auf sie und stieß kraftvoll in sie hinein.
Aber wieder vermochte er nicht zu kommen. Lange wälzten sie sich hin und her. Schließlich erhoben sie sich, nahmen ihre Kleider unter den Arm und gingen weiter. Louis' Schwanz war hart und groß, und sie freute sich an dem Anblick. Dann und wann warfen sie sich in den Sand, er nahm sie, stieß in sie hinein und verließ sie wieder, feucht und heiß. Als sie dann weitergingen, sie vor ihm her, umfing er sie mit beiden Armen und warf sie zu Boden, so daß sie auf allen vieren kauerten wie Hunde. Er kreiste in ihr, er stieß und vibrierte, er küßte sie und preßte ihre Brüste mit den Händen.
»Willst du es? Willst du es?« fragte er sie atemlos.
»Ja, gib es mir, aber mach es langsam, noch nicht kommen! So hab ich's gern – immer und immer wieder.«
Sie war so naß und fieberheiß! Sie schritt dahin und wartete auf den Moment, da er sie in den Sand werfen und sie wieder nehmen, da er sie aufwühlen und dann verlassen würde, bevor sie gekommen war. Jedesmal neu fühlte sie seine Hände an ihrem Körper, den warmen Sand auf ihrer Haut, seinen liebkosenden Mund, den liebkosenden Wind.
Als sie dahinwanderten, nahm sie seinen aufgerichteten Penis in die Hand. Einmal hielt sie an, kniete vor ihm nieder und nahm seinen Penis in den Mund. Er stand vor ihr, den Bauch ein wenig vorgereckt. Ein anderes Mal preßte er sein Glied zwischen ihre Brüste, machte aus ihnen ein Kissen für seinen Penis, hielt ihn fest und ließ ihn in dieser weichen Umarmung hin und her gleiten. Schwindelnd, bebend, atemlos von diesen Liebkosungen, schritten sie weiter.
Dann erblickten sie ein Haus und blieben stehen. Er bat sie, sich in den Büschen zu verbergen. Er wollte kommen; vorher wollte er sie nicht gehen lassen. Sie war sehr erregt, aber sie wollte sich zurückhalten und auf ihn warten.
Als er diesmal in ihr war, begann er zu zittern, bis er, wild und heftig, endlich kam. Um selber auch zur Erfüllung zu kommen, stieg sie fast auf ihn. Sie schrien gemeinsam.
Als sie sich anschließend ausruhten und rauchten, während die Morgendämmerung heraufstieg und ihre Gesichter aus dem Dunkel hob, wurde

es ihnen zu kühl, und sie bedeckten sich mit ihren Kleidern. Die Frau, den Kopf von Louis abgewandt, erzählte ihm eine Geschichte.

Als sie einmal in Paris war, wurde gerade ein russischer Radikaler gehängt, der einen Diplomaten umgebracht hatte. Sie wohnte damals auf dem Montparnasse, frequentierte die Cafés und hatte den Prozeß, wie all ihre Freunde, mit leidenschaftlichem Interesse verfolgt, weil dieser Mann ein Fanatiker war, auf die Fragen, die man ihm stellte, dostojewskische Antworten gab und den Prozeß mit großer, fast religiöser Tapferkeit durchstand.

Zu jener Zeit wurden Schwerverbrecher noch hingerichtet. Gewöhnlich geschah dies bei Morgengrauen, wenn noch niemand wach war, auf einem kleinen Platz in der Nähe des Santé-Gefängnisses, wo zur Zeit der Revolution die Guillotine gestanden hatte. Und wegen der Polizeiposten konnte man nicht dicht herankommen. Gewöhnlich waren nur wenige Menschen bei diesen Hinrichtungen zugegen. Bei der des Russen jedoch, so lautete der Entschluß der Studenten und Künstler vom Montparnasse, wollten sie, da die Gefühle so aufgewühlt waren, allesamt zugegen sein. Die ganze Nacht hindurch blieben sie wach, warteten und betranken sich.

Sie selbst hatte mit ihnen zusammen gewartet, hatte sich mit ihnen betrunken und befand sich im Zustand höchster Erregung und Furcht. Zum erstenmal sollte sie einen Menschen sterben sehen. Zum erstenmal sollte sie Augenzeugin einer Szene sein, die sich während der Revolution immer und immer wieder abgespielt hatte.

Gegen Morgen begab sich die ganze Bande zu dem Platz, rückte gemeinsam so weit vor, wie es das von Polizisten gespannte Seil erlaubte. Sie selbst wurde von ganzen Wogen drängender und schiebender Menschen bis zu einer Stelle getragen, die ungefähr zehn Meter vom Blutgerüst entfernt war.

Dort stand sie, gegen das Seil gepreßt, und beobachtete alles mit fasziniertem Entsetzen. Dann wurde sie von der Menge von ihrem Platz verdrängt. Auf Zehenspitzen konnte sie jedoch immer noch etwas sehen. Die Leute keilten sie von allen Seiten her ein. Der Gefangene wurde mit verbundenen Augen herbeigeführt. Wartend stand der Henker da. Zwei Polizisten hielten den Mann gepackt und geleiteten ihn langsam die Stufen zum Schafott empor.

In diesem Moment spürte sie, daß jemand sich weit heftiger an sie preßte als notwendig. In ihrer zitternden Erregung empfand sie den Druck nicht einmal als unangenehm. Ihr ganzer Körper war aufgewühlt. Außerdem konnte sie sich kaum rühren, so eingezwängt war sie von der Menge der Neugierigen.

Sie trug eine weiße Bluse und einen Rock, der, wie es der damaligen Mode entsprach, seitlich von oben bis unten durchgeknöpft war – einen kurzen Rock und eine Bluse, durch die man ihre rosa Wäsche sehen und die Form ihrer Brüste erahnen konnte.

Zwei Hände umspannten ihre Taille, sie fühlte deutlich den Körper eines Mannes und spürte sein hartes, steifes Begehren an ihrem Gesäß. Sie hielt den Atem an. Ihr Blick war fest auf den Mann geheftet, der gleich gehängt werden sollte, und das machte ihren Körper auf schmerzhafte Weise nervös. Gleichzeitig griffen die Hände nach ihren Brüsten und preßten sie.

Einander widerstreitende Gefühle machten sie schwindlig. Sie rührte sich nicht, wandte auch nicht den Kopf. Jetzt tastete eine Hand nach der Öffnung ihres Rockes und fand die Knöpfe. Bei jedem Knopf, den die Hand öffnete, keuchte sie auf vor Angst und Erleichterung. Die Hand wartete, um zu sehen, ob sie protestierte, dann machte sie sich am nächsten Knopf zu schaffen. Sie selbst regte sich nicht.

Dann schoben beide Hände mit einer Geschicklichkeit und Geschwindigkeit, die sie nicht erwartet hätte, ihren Rock so herum, daß sich die Öffnung hinten befand. Inmitten dieser wogenden Menge fühlte sie jetzt nichts mehr als den Penis, der sich langsam durch den Schlitz ihres Rockes schob.

Ihr Blick blieb auf den Mann gerichtet, der das Schafott erklomm, und der Penis gewann mit jedem Schlag ihres Herzens ein wenig mehr Boden. Er hatte sich durch den Rock geschoben und teilte nunmehr den Schlitz ihres Höschens. Wie warm und fest und hart er an ihrem Fleisch war! Der Verurteilte stand auf dem Schafott; die Schlinge wurde ihm um den Hals gelegt. Der Schmerz, den sein Anblick auslöste, war so stark, daß die fleischliche Berührung eine Erleichterung war, etwas Warmes, Tröstendes. Ihr schien, daß dieser Penis, der zwischen ihren Gesäßhälften pulsierte, etwas ganz Wunderbares war, das man festhalten mußte, das Leben, das Leben, das sie festhalten mußte, während sie vom Tod gestreift wurde...

Ohne ein Wort legte der Russe den Kopf in die Schlinge. Ihr Körper erbebte. Der Penis schob sich tiefer zwischen die weichen Falten ihrer Gesäßbacken, drängte unaufhaltsam in ihr Fleisch.

Sie zitterte vor Angst, aber es war das Zittern des Begehrens. Als der Verurteilte ins Leere und in den Tod stürzte, begann der Penis in ihr heftig zu zucken und spie sein warmes Leben aus.

Die Menge preßte den Mann gegen sie. Sie hatte fast aufgehört zu atmen, und als ihre Angst sich in Glück verwandelte – ungezügeltes Glück darüber, das Leben zu spüren, während ein Mensch starb –, wurde sie ohnmächtig.

Nach dieser Geschichte schlummerte Louis ein. Als er erwachte, erfüllt von sinnlichen Träumen, vibrierend unter einer imaginären Umarmung, sah er, daß die Frau fort war. Er vermochte ihren Spuren im Sand zu folgen; nach einer Weile aber verschwanden sie in dem bewaldeten Teil, der zu den Hütten führte, und so hatte er sie wieder verloren.

Lina

Lina ist eine Lügnerin, die es nicht ertragen kann, ihr wahres Gesicht im Spiegel zu sehen. Sie besitzt ein Gesicht, das ihre Sinnlichkeit verrät: blitzende Augen, gieriger Mund und herausfordernder Blick. Statt jedoch ihrer erotischen Neigung nachzugeben, schämt sie sich ihrer. Erstickt sie. Und all diese Begehrlichkeit, diese Wollust in ihr wird verzerrt und verbogen zu einem Giftstoff aus Neid und Eifersucht. Wann immer die Sinnlichkeit erblüht, wird sie von Lina gehaßt. Lina ist eifersüchtig auf alles, auf die Liebe aller anderen Menschen. Sieht sie in den Straßen von Paris, in den Cafés, im Park, wie Pärchen einander küssen, ist sie eifersüchtig. Sie mustert sie mit seltsam zornigen Blicken. Sie wünscht sich, daß niemand lieben kann, weil sie selber es nicht vermag.
Sie kaufte sich ein schwarzes Spitzennachthemd, wie ich es besitze. Dann kam sie zu mir, um ein paar Tage bei mir zu bleiben. Sie behauptete, das Nachthemd für einen Liebhaber gekauft zu haben, aber ich sah das Preisschildchen, das noch daran baumelte. Sie bot einen hinreißenden Anblick, denn sie war wohlgerundet, und in der Öffnung ihrer weißen Bluse zeigten sich ihre Brüste. Ich sah, wie sich ihr ungestümer Mund öffnete, wie das ungebändigte Lockenhaar eine Aureole um ihren Kopf bildete. Jede ihrer Gesten sprach von Chaos und Gewalttätigkeit. Als hätte eine Löwin das Zimmer betreten.
Zunächst einmal erklärte sie mir, wie sehr sie Hans und Michel, meine beiden Liebhaber, hasse. »Aber warum?« fragte ich sie. »Warum denn nur?« Ihre Begründungen waren konfus, unzureichend. Ich war betrübt. Denn das bedeutete heimliche Zusammenkünfte mit den beiden. Welche Unterhaltung konnte ich Lina bieten, solange sie in Paris weilte? Was wollte sie?
»Einfach nur mit dir zusammen sein.«
So waren wir also eine auf die Gesellschaft der anderen beschränkt. Wir saßen in Cafés herum, wir gingen einkaufen, wir gingen spazieren.
Es gefiel mir, wenn sie sich für den Abend zurechtmachte, mit ihrem auffallenden Schmuck und dem lebhaften Gesicht. Sie paßte nicht zu dem vornehmen Paris, in die Cafés. Sie war wie für den afrikanischen

Dschungel geschaffen, für Orgien, Tänze. Aber sie war kein freier Mensch, der sich von den natürlichen Wellen des Vergnügens und des Verlangens tragen ließ. Waren ihr Mund, ihr Körper, ihre Stimme wie für die Sinnlichkeit geschaffen, so war diese in ihrem natürlichen Fluß behindert. Zwischen den Beinen war sie von einem unnachgiebigen Pfahl des Puritanismus durchbohrt. Alles andere an ihrem Körper war gelokkert, provokativ. Stets sah sie aus, als komme sie gerade aus dem Bett eines Liebhabers oder als wolle sie sich sogleich mit einem ins Bett begeben. Sie hatte Ringe unter den Augen und war von einer ungeheuren Rastlosigkeit, mit einer Energie geladen, die von ihrem ganzen Körper ausstrahlte, voll Ungeduld und offener Gier.
Sie tat alles, um mich zu verführen. Besonders gern küßte sie mich auf den Mund. Sie saugte sich an meinem Mund fest, bis sie in Erregung geriet, dann löste sie sich wieder von mir. Wir frühstückten zusammen. Sie lag im Bett und zog das Bein an, so daß ich von meinem Platz am Fußende des Bettes aus ihr Geschlecht sehen konnte. Wenn sie sich ankleidete, ließ sie ihr Hemd fallen, tat, als hätte sie mich nicht kommen hören, und blieb einen Augenblick nackt dastehen, bevor sie sich bedeckte.
Jedesmal, wenn Hans mich über Nacht besuchte, gab es eine Szene. Sie schlief im Zimmer über dem meinen. Wenn sie am nächsten Morgen erwachte, war sie ganz krank vor Eifersucht. Sie ließ sich von mir immer wieder auf den Mund küssen, bis wir beide heftig erregt waren; dann hörte sie auf. Sie liebte diese Küsse ohne Höhepunkte.
Wir gingen zusammen aus, und ich bewunderte die Frau, die in dem kleinen Café sang.
Lina betrank sich und war wütend auf mich. »Wenn ich ein Mann wäre, würde ich dich umbringen«, sagte sie.
Ich wurde ärgerlich. Da weinte sie und bat: »Verlaß mich nicht. Wenn du mich verläßt, bin ich verloren.«
Zugleich wetterte sie gegen die lesbische Liebe, behauptete, sie sei abstoßend, und wollte nichts anderes dulden als meine Küsse. Ihre Szenen ermüdeten mich.
Als Hans sie sah, sagte er: »Der Haken bei Lina ist, sie ist ein Mann.«
Ich nahm mir vor, das herauszufinden, ihren Widerstand irgendwie zu brechen. Ich war noch nie gut darin gewesen, Menschen zu überreden, die sich sträubten. Ich wollte, daß sie es sich wünschten, daß sie nachgaben.
Wenn Hans und ich bei Nacht in meinem Schlafzimmer waren, scheuten wir uns, Geräusche zu machen, die sie möglicherweise hören konnte. Ich wollte ihr nicht wehtun, aber ich haßte ihre frustrierten Szenen und ihre Eifersucht.
»Was willst du eigentlich, Lina? Was willst du?«

»Ich will, daß du keine Liebhaber hast. Ich hasse es, dich in Gesellschaft von Männern zu sehen.«
»Warum haßt du die Männer so sehr?«
»Weil sie etwas haben, das ich nicht habe. Ich wünsche mir einen Penis, damit ich dich richtig lieben kann.«
»Für Frauen gibt es andere Möglichkeiten.«
»Aber das dulde ich nicht! Das dulde ich einfach nicht.«
Dann, eines Tages, sagte ich: »Willst du nicht mitkommen, Michel besuchen? Ich möchte, daß du sein Zimmer mit den Souvenirs von seinen Forschungsreisen siehst.«
»Bring sie mit«, hatte Michel zu mir gesagt. »Ich werde sie hypnotisieren. Du wirst schon sehen.«
Sie war einverstanden. Wir stiegen zu seiner Wohnung hinauf. Er hatte Räucherwerk verbrannt, aber eines, das ich nicht kannte.
Als Lina seine Wohnung sah, wurde sie ziemlich nervös. Die erotische Atmosphäre beunruhigte sie. Sie setzte sich auf die mit Pelz bedeckte Couch. Sie wirkte wie eine schöne Tigerin, eine, die einzufangen sich wohl lohnte. Ich merkte, daß Michel sie beherrschen wollte. Das Räucherwerk machte uns ein wenig benommen. Lina wollte das Fenster öffnen. Doch Michel kam herüber, setzte sich zwischen uns und begann sich mit ihr zu unterhalten.
Seine Stimme war sanft und einschläfernd. Er erzählte von seinen Reisen. Ich sah, daß Lina zuhörte, daß sie sich beruhigt hatte und nicht mehr so hektisch rauchte, daß sie sich zurücklehnte und träumend seinen endlosen Geschichten nachsann. Ihre Augen waren halb geschlossen. Dann schlummerte sie ein.
»Wie hast du das gemacht, Michel?« Ich selbst fühlte mich auch ziemlich schläfrig.
Er lächelte. »Ich habe japanisches Räucherwerk verbrannt, das einschläfert. Ein Aphrodisiakum. Es ist harmlos.« Er lächelte spitzbübisch. Ich lachte.
Lina schlief aber doch nicht ganz. Sie hatte ihre Beine übereinandergeschlagen. Michel stieg über sie und versuchte sie mit den Händen behutsam zu öffnen, aber sie blieben fest geschlossen. Daraufhin schob er sein Knie zwischen ihre Schenkel und teilte sie. Der Anblick von Lina, so nachgiebig und offen, erregte mich. Ich begann sie zu streicheln, zu entkleiden. Sie wußte zwar, was ich tat, aber sie genoß es. Ihr Mund lag auf dem meinen, als sie sich mit geschlossenen Augen von Michel und mir ganz ausziehen ließ.
Ihre vollen Brüste bedeckten Michels Gesicht. Er biß sie in die Brustwarzen. Sie ließ sich von Michel zwischen den Beinen küssen, duldete es, daß er seinen Penis einführte, sie ließ mich ihre Brüste küssen und liebkosen.

Sie hatte wundervoll feste, runde Gesäßbacken. Michel drückte ihr immer wieder die Beine auseinander und biß sie in das zarte Fleisch, bis sie zu stöhnen begann. Sie wollte jedoch nur den Penis. Also nahm Michel sie, und als sie ihren Spaß an ihm gehabt hatte, wollte er auch mich nehmen. Sie aber richtete sich auf, öffnete die Augen und betrachtete uns einen Moment lang verwundert; dann nahm sie Michels Penis aus mir heraus und wollte nicht zulassen, daß er ihn wieder hineinschob. Mit ungestümer Leidenschaft warf sie sich auf mich, um mich mit Mund und Händen zu liebkosen. Michel nahm sie von hinten.
Als wir beide, Lina und ich, einander um die Taille fassend auf die Straße hinaustraten, gab sie vor, sich an nichts von dem, was geschehen war, zu erinnern. Ich ließ sie in Ruhe. Am nächsten Tag reiste sie ab.

Zwei Schwestern

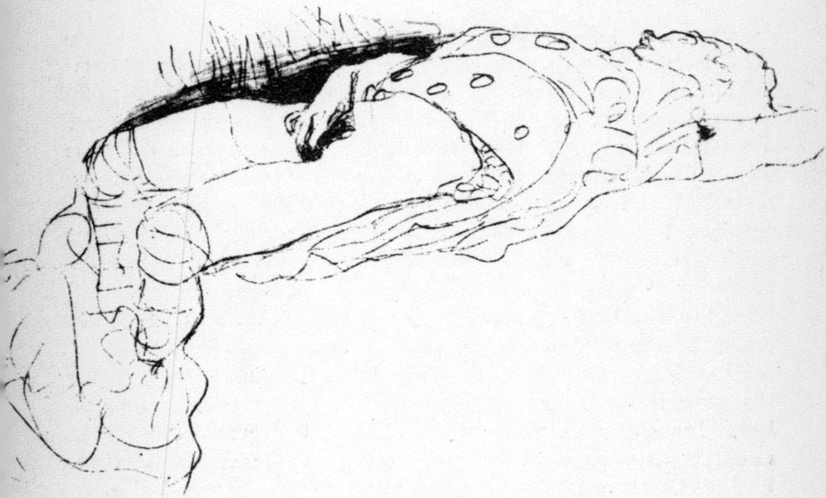

Es waren einmal zwei junge Schwestern. Die eine war untersetzt, dunkelhaarig, lebhaft, die andere graziös und zart. Dorothy war kraftvoll. Edna besaß eine schöne Stimme, die die Menschen faszinierte; sie wollte Schauspielerin werden. Die Schwestern stammten aus einer wohlhabenden Familie, die in Maryland lebte. Ihr Vater verbrannte im Keller des Hauses feierlich die Bücher von D. H. Lawrence – ein Beweis dafür, wie rückständig die Familie im Hinblick auf die Entwicklung der Sinnesfreuden war. Dennoch liebte es der Vater sehr, die kleinen Mädchen mit feucht-glänzenden Augen zu sich auf den Schoß zu ziehen, ihnen die Hand unter die Kleidchen zu stecken und sie zu streicheln.
Edna und Dorothy hatten zwei Brüder, Jake und David. Noch ehe die Jungen Erektionen bekommen konnten, spielten sie mit den Schwestern »Liebe«. Stets taten sich David und Dorothy, Edna und Jake zusammen. Der zierliche David liebte seine stämmige Schwester, und der virile Jake liebte Ednas zarte Zerbrechlichkeit. Die Brüder legten ihren weichen, jungen Penis zwischen die Beine der Schwestern, aber das war auch alles. Und es geschah stets in aller Heimlichkeit auf dem Teppich des Eßzimmers, in dem Gefühl, das schwerste aller sexuellen Verbrechen zu begehen.
Dann plötzlich hörten diese Spiele auf. Die Jungen hatten die Welt der Sexualität mit anderen Jungen entdeckt. Die Schwestern wurden schüchtern und wuchsen heran. In der Familie machte sich der Puritanismus breit. Der Vater wetterte und wehrte sich gegen jedes Eindringen der Außenwelt. Er murrte über die jungen Männer, die zu Besuch kamen. Er murrte über Bälle, über alle möglichen Gesellschaften. Mit dem Fanatismus eines Inquisitors verbrannte er die Bücher, die er bei seinen Kindern fand. Er hörte auf, seine Töchter zu liebkosen. Er wußte nicht, daß sie sich Schlitze in die Höschen gemacht hatten, damit sie sich bei ihren Stelldicheins zwischen den Beinen küssen lassen konnten, daß sie häufig mit Jungen zusammen in Autos saßen und deren Glieder in den Mund nahmen, daß der Rücksitz des Familienautos mit Spermaflecken übersät war. Er tat alles, um zu verhindern, daß seine Töchter heirateten.

Dorothy studierte Bildhauerei. Edna wollte immer noch zur Bühne. Doch dann verliebte sie sich in einen Mann, der älter war als sie, den ersten richtigen Mann, den sie kennenlernte. Die anderen waren für sie nur Jungen; sie weckten eine Art mütterlicher Sehnsucht in ihr, den Wunsch, sie zu beschützen. Harry dagegen war schon vierzig und bei einer Firma angestellt, die mit reichen Leuten Kreuzfahrten veranstaltete. Als Unterhalter auf diesen Kreuzfahrten war es seine Aufgabe, dafür zu sorgen, daß sich die Gäste nicht langweilten, daß sie einander kennenlernten, daß ihnen jeglicher Luxus geboten wurde – und die üblichen Intrigen. Er half Ehemännern den wachsamen Blicken ihrer Frauen zu entrinnen, und umgekehrt. Die Erzählungen von seinen Fahrten mit diesen verwöhnten Reichen erregten Edna.

Sie heirateten. Und planten eine gemeinsame Weltreise. Auf dieser Reise machte Edna die Entdeckung, daß ihr Mann, der Unterhalter, einen beträchtlichen Teil der sexuellen Intrigen persönlich lieferte.

Bei der Rückkehr von dieser Reise war Edna ihrem Mann entfremdet. Sexuell hatte er sie nicht geweckt. Warum, wußte sie nicht. Manchmal meinte sie, weil sie entdeckt hatte, daß er schon mit so vielen Frauen zusammen gewesen war. Von der ersten Nacht an schien es, als besitze er nicht sie selbst, sondern eine Frau wie viele hundert andere. Er hatte keinerlei Gefühle gezeigt. Als er sie auszog, hatte er nur gesagt: »Ach, was für breite Hüften du hast!«

Sie fühlte sich gedemütigt, nicht begehrenswert. Das untergrub ihr Selbstvertrauen, behinderte das freie Verströmen ihrer Liebe und ihrer Sehnsucht nach ihm. Zum Teil aus Rache begann sie ihn ebenso objektiv anzusehen wie er sie, und was sie entdeckte, war ein vierzigjähriger Mann, dessen Haar schütter wurde, der bald schon sehr dick sein würde und der wirkte, als sei er bereit, sich in ein stumpfes Familienleben zurückzuziehen. Er war nicht mehr der Mann, der die ganze Welt gesehen hatte.

Da kam Robert, dreißigjährig, dunkelhaarig, mit brennenden, braunen Augen wie ein Tier, das zugleich hungrig und zärtlich dreinblickt. Er war fasziniert von Ednas Stimme, von ihrem samtweichen Klang. Er war von ihr restlos in Bann geschlagen.

Er hatte gerade das Stipendium einer Bühnengesellschaft gewonnen. Er teilte Ednas Liebe zur Bühne. Er erneuerte ihren Glauben an sich selbst, an ihre eigene Anziehungskraft. Er war sich nicht einmal so ganz klar darüber, daß es wirkliche Liebe war. Er behandelte sie ungefähr wie eine ältere Schwester, bis sie eines Tages hinter der Bühne, als alle anderen nach Hause gegangen waren und Edna ihm seinen Text abgehört hatte, in einen Kuß versanken, der nicht mehr endete. Er nahm sie auf dem Sofa der Bühnendekoration, ungeschickt, hastig, aber mit einer so großen

Intensität, daß sie ihn fühlte, wie sie ihren Mann niemals gefühlt hatte. Seine lobenden, bewundernden Worte, seine staunenden Ausrufe entflammten sie, und sie erblühte in seinen Händen. Sie fielen zu Boden. Der Staub drang ihnen in die Kehle, aber sie hörten nicht auf, sich zu küssen, zu liebkosen, und Robert bekam eine zweite Erektion.

Edna und Robert waren unzertrennlich. Ihr Alibi Harry gegenüber war ihr Schauspielstudium. Es war eine Zeit des Rausches, der Blindheit, des Lebens ausschließlich mit Händen, Mund und Körper. Edna ließ Harry allein auf Kreuzfahrt gehen. Daher war sie für sechs Monate frei und lebte heimlich zusammen mit Robert in New York. Seine Hände besaßen eine so große magnetische Kraft, daß seine Berührung, und sei es nur seine Hand auf ihrem Arm, sie ganz und gar mit Wärme erfüllte. Sie war stets offen und empfänglich für seine Gegenwart. Und er empfand das gleiche in bezug auf ihre Stimme. Um sie zu hören, rief er sie zu allen Tageszeiten an. Sie war wie ein Lied, das ihn aus sich selbst und aus seinem eigenen Leben herauslockte. Alle anderen Frauen wurden von ihrer Stimme ausgelöscht.

Er drang ein in ihre Liebe mit einem absoluten Gefühl des Besitzens, der Sicherheit. Sich in ihr zu verbergen, in ihr zu schlafen, sie zu nehmen, sich an ihr zu erfreuen war ein und dasselbe. Es gab keine Spannungen, keine Augenblicke widerstreitender Gefühle, keinen Haß. Ihre Liebe wurde nie wild und grausam, niemals zu einem tierischen Akt, bei dem der eine den anderen zu vergewaltigen, das Eindringen in den anderen zu erzwingen, den anderen mit Gewalttätigkeit oder Begierde zu verletzen sucht. Nein, es war ein miteinander Verschmelzen, ein gemeinsames Versinken in einem weichen, dunklen, warmen Schoß.

Harry kehrte heim. Und gleichzeitig kam Dorothy aus dem Westen zurück, wo sie ihre Bildhauerkunst ausgeübt hatte. Sie war jetzt sehr selbstsicher geworden, ähnelte einem Stück hochglanzpoliertem Holz; ihre Züge waren fest und klar, die Stimme erdhaft, die Beine stämmig, das Wesen hart und kraftvoll – wie ihre Arbeiten.

Dorothy sah, was mit Edna vorging, wußte aber nicht, wie sehr entfremdet sie Harry war. Sie glaubte Robert schuld an der Situation und haßte ihn dafür. Sie hielt ihn für einen flüchtigen Liebhaber, der Harry und Edna nur zum Vergnügen auseinandergebracht hatte. Sie glaubte nicht, daß es Liebe war. Sie bekämpfte Robert. Scharf, heftig. Sie selbst glich einer unzugänglichen Jungfrau, doch keineswegs puritanisch oder zimperlich. Sie war so freimütig wie ein Mann, gebrauchte derbe Ausdrücke, erzählte zotige Geschichten, lachte über Sex. Und blieb doch für all das unzugänglich.

Frohlockend spürte sie Roberts Feindseligkeit. Sein Feuer, die zornigen Dämonen in ihm, die nach ihr schnappten, sie anfauchten, gefielen ihr. Denn die Tatsache, daß die meisten Männer in ihrer Gegenwart den Mut verloren, ganz klein und schwach wurden, war ihr aus tiefstem Herzen zuwider. Nur die Schüchternen näherten sich ihr, als suchten sie ihre Kraft. Am liebsten hätte sie sie zerschmettert, wenn sie sah, wie sie auf ihren baumstarken Körper zugekrochen kamen. Die Vorstellung, zu dulden, daß sie ihr den Penis zwischen die Beine schoben, erschien ihr so abstoßend, als lasse sie ein Insekt an sich heraufkriechen. Während der anstrengende Versuch, Robert aus Ednas Leben zu verdrängen, ihn zu demütigen, zu vernichten, Begeisterung in ihr auslöste. Dann saßen sie zu dritt beisammen; Edna verbarg ihre negativen Gefühle für Harry, und Robert erbot sich nicht, mir ihr fortzugehen, dachte nicht nach, lebte nur in der romantischen Gegenwart – ein Träumer. Dorothy warf ihm dies vor. Edna verteidigte ihn; und die ganze Zeit saß sie da und dachte daran, wie ungestüm Robert sie beim erstenmal genommen hatte, dachte an die schmale Couch, auf der sie gelegen, an den staubigen Teppich, auf dem sie sich gewälzt hatten, dachte an seine Hände und daran, wie er in sie eingedrungen war.

»Das verstehst du nicht«, sagte Edna zu ihrer Schwester. »Du hast nie so geliebt.«

Daraufhin verstummte Dorothy.

Die beiden Schwestern schliefen in benachbarten Zimmern. Dazwischen lag ein großes Bad. Harry war wieder einmal für sechs Monate verreist. Bei Nacht ließ Edna Robert zu sich herein.

Eines Morgens, als sie aus dem Fenster blickte, sah Dorothy, daß Edna das Haus verließ. Sie wußte nicht, daß Robert noch in ihrem Zimmer schlief. Sie ging ins Badezimmer, um zu baden. Edna hatte ihre Zimmertür offen gelassen, und Dorothy, die sich allein glaubte, machte sich nicht die Mühe, sie zu schließen. An dieser Tür war ein Spiegel befestigt. Dorothy betrat das Bad und warf ihren Kimono ab. Sie steckte sich die Haare auf und schminkte sich das Gesicht. Sie besaß einen herrlichen Körper. Jede Bewegung, die sie vor dem Spiegel machte, brachte die provokativen, vollen, festen Rundungen ihrer Brüste und Gesäßbacken zur Geltung. In ihrem Haar glänzten Lichter; sie bürstete es. Dabei tanzten ihre Brüste. Sie stellte sich auf die Zehenspitzen und reckte sich zum Spiegel, um sich die Wimpern zu tuschen.

Als Robert erwachte, bot sich ihm vom Bett aus dieser Anblick – klar und deutlich im Spiegel zu sehen. Sofort durchflutete Wärme seinen Körper. Er warf die Decke zurück. Dorothy war immer noch im Spiegel zu sehen. Sie streckte sich, um nach der Haarbürste zu greifen. Robert konnte es nicht mehr aushalten. Er ging zur Badezimmertür und blieb dort stehen. Dorothy schrie nicht auf. Er war nackt; sein Penis reckte sich ihr entgegen, der Blick seiner braunen Augen versengte sie.

Als er einen Schritt auf sie zutrat, wurde Dorothy von einem seltsamen Zittern überfallen. Wider Willen drängte es sie, sich ihm zu nähern. Sie fielen einander in die Arme. Halb zerrte, halb trug er sie zum Bett. Es war wie die Fortsetzung ihres früheren Kampfes, denn sie wehrte sich heftig, doch jede ihrer Bewegungen veranlaßte ihn nur, den Druck seiner Knie, seiner Hände, seines Mundes zu verstärken. Robert war rasend vor Gier, ihr wehzutun, sie seinem Willen zu unterwerfen, ihr Widerstand heizte seine Muskeln an und schürte seinen Zorn. Als er sie nahm, ihre Jungfräulichkeit durchstieß, biß er sie, um den Schmerz zu vergrößern. Das Gefühl, das sein Körper auf dem ihren hervorrief, ließ sie keine Notiz davon nehmen. Wo er sie berührte, geriet sie in Flammen; und nach dem anfänglichen Schmerz schien es, als stehe ihr Schoß ebenfalls in Flammen. Als es vorbei war, sehnte sie sich schon wieder nach ihm. Jetzt war sie es, die seinen Penis in die Hand nahm und ihn wieder einführte, und stärker als der Schmerz war die Ekstase, als er sich in ihr bewegte.
Robert hatte ein heftigeres Gefühl, einen kräftigeren Duft entdeckt: den Geruch von Dorothys Haar, ihres Körpers, ihre Kraft, als sie ihn umschloß. Innerhalb einer Stunde hatten sie seine Gefühle für Edna ausgelöscht.
Hinterher war Dorothy stets wie besessen, wenn sie an Robert dachte, der auf ihr lag und so weit emporglitt, daß er seinen Penis zwischen ihren Brüsten reiben konnte, der dann noch weiter emporglitt, bis zu ihrem Mund, und stets wurde sie von einem Schwindelgefühl überfallen, wie man es erlebt, wenn man an einem Abgrund steht, von einem Gefühl, des Stürzens, der Vernichtung.
Sie wußte nicht, wie sie Edna je wieder in die Augen sehen sollte. Sie war zerrissen vor Eifersucht. Sie fürchtete, Robert werde versuchen, sie beide zu halten. Doch er hatte lediglich das Gefühl, wieder zum Kind zu werden, als er an Ednas Seite lag, den Kopf an ihre Brust bettete und ihr – in dem Bedürfnis nach einer Mutter – alles gestand, ohne einen Gedanken daran, wie weh er ihr damit tun mußte. Ihm war allerdings klar, daß er nicht länger bleiben konnte. Darum erfand er eine Reise. Er bat Dorothy, ihn zu begleiten. Dorothy antwortete, sie werde nachkommen. Er ging nach London.
Edna folgte ihm. Dorothy ging nach Paris. Weil sie Edna liebte, versuchte sie von Robert loszukommen. Sie begann eine Affäre mit Donald, einem jungen Amerikaner, nur weil er Robert ähnlich sah.
Robert schrieb, er könne nicht mehr mit Edna schlafen, er müsse sich jedesmal verstellen. Er hatte entdeckt, daß sie am gleichen Tag wie seine Mutter geboren war, und identifizierte sie immer mehr mit ihr. Das lähmte ihn. Er wollte ihr nicht die Wahrheit sagen.
Kurz darauf ging er nach Paris. Dorothy traf sich auch weiterhin mit

Donald. Dann verreiste sie mit Robert. In dieser gemeinsam verlebten Woche glaubten sie beide, wahnsinnig zu werden. Roberts Liebkosungen versetzten Dorothy in einen solchen Zustand, daß sie ihn anflehte: »Bitte, nimm mich!« Er tat, als weigere er sich, nur um zu sehen, wie sie sich in köstlicher Qual vor ihm wand, ständig so dicht vor dem Orgasmus, daß er sie nur noch mit seinem Penis zu berühren brauchte. Dann lernte sie, ihn ebenfalls zu reizen, ihn zu verlassen, wenn er kurz vor dem Höhepunkt war. Sie tat, als sei sie eingeschlafen. Und er lag da, gemartert von dem Wunsch, von ihr berührt zu werden, aber voll Furcht, sie zu wecken. Dann rückte er nahe an sie heran, drängte sein Glied an ihr Gesäß, versuchte es daran zu reiben, zu kommen, indem er sie nur leicht berührte, aber das ging nicht, und dann gab sie vor, aufzuwachen, begann wieder, ihn zu berühren und zu küssen. Das taten sie beide so oft, daß es zur Qual wurde. Ihr Gesicht war von seinen Küssen geschwollen, am Körper trug sie die Male seiner Zähne, und dennoch durften sie einander auf der Straße nicht berühren, nicht einmal beim Spazierengehen, ohne sofort wieder von Wollust erfüllt zu sein.
Sie beschlossen zu heiraten. Robert schrieb Edna.

Am Tag der Hochzeit kam Edna nach Paris. Warum? Es war, als wolle sie alles mit eigenen Augen sehen, den Kelch bis zum letzten Wermutstropfen leeren. In wenigen Tagen war sie zur alten Frau geworden. Einen Monat zuvor noch war sie blühend, bezaubernd, war ihre Stimme wie ein Lied, wie eine Aureole, ihr Gang leicht, ihr Lächeln überwältigend gewesen. Und jetzt trug sie eine starre Maske. Auf diese Maske hatte sie Puder gestäubt. Darunter glühte keinerlei Leben. Ihr Haar war tot. Ihre glasigen Augen glichen den Augen einer Sterbenden.
Dorothy wurde ganz schwach, als sie sie sah. Sie rief ihr. Edna antwortete nicht. Sie starrte nur.
Die Hochzeit war gespenstisch. Donald platzte mitten in die Feier herein wie ein Rasender, bedrohte Dorothy, weil sie ihn betrogen habe, drohte mit Selbstmord. Als alles vorbei war, wurde Dorothy ohnmächtig. Edna stand da, mit Blumen im Arm, eine Gestalt wie der Tod.
Robert und Dorothy gingen auf Reisen. Sie wollten alle Plätze aufsuchen, an denen sie einige Wochen zuvor gewesen waren, die gleichen Wonnen noch einmal auskosten. Aber als Robert Dorothy nehmen wollte, konnte sie nicht reagieren. Ihr Körper hatte eine Wandlung erfahren. Das Leben war aus ihm gewichen. Es ist die Belastung, dachte er, die Belastung des Wiedersehens mit Edna, der Hochzeit, der Szene, die Donald gemacht hat. Deswegen war er sehr behutsam. Er wartete. In der Nacht weinte Dorothy. In der folgenden Nacht war es das gleiche. Und in der nächsten ebenfalls. Robert versuchte sie zu liebkosen, aber ihr Körper vibrierte

nicht unter seinen Händen. Selbst ihr Mund antwortete dem seinen nicht. Es war, als wäre sie gestorben. Nach einer Weile verbarg sie es vor ihm, gab vor, Lust zu empfinden. Aber wenn Robert sie nicht anschaute, sah sie genauso aus wie Edna am Tag der Hochzeit.
Sie behielt ihr Geheimnis für sich. Robert ließ sich täuschen, bis sie eines Tages ein Zimmer in einem ziemlich billigen Hotel nahmen, weil die guten alle besetzt waren. Die Wände waren dünn, die Türen schlossen nicht dicht. Sie gingen zu Bett. Sobald sie das Licht ausgemacht hatten, hörten sie das rhythmische Quietschen der Bettfedern im Nebenzimmer, hörten zwei schwere Körper im Takt gegeneinanderklatschen. Dann begann die Frau zu stöhnen.
Dorothy richtete sich im Bett auf und weinte um das, was sie verloren hatte.
Undeutlich empfand sie, was geschehen war, als Strafe. Sie wußte, es hatte etwas damit zu tun, daß sie Edna Robert weggenommen hatte. Sie glaubte, bei anderen Männern wenigstens die körperliche Reaktion wiederfinden, sich möglicherweise dadurch befreien und zu Robert zurückkehren zu können. Als sie nach New York heimkehrten, suchte sie Abenteuer. In Gedanken hörte sie stets das Stöhnen und die Lustschreie des Paares im Hotelzimmer. Sie wollte nicht ruhen, bis auch sie wieder so empfinden konnte. Edna durfte ihr das nicht nehmen, durfte nicht alles Leben in ihr abtöten! Das war eine zu schwere Strafe für etwas, das nicht allein ihre Schuld war.
Sie traf sich wieder mit Donald. Aber Donald hatte sich verändert. War härter geworden, wie versteinert. Ehemals ein gefühlsbetonter, impulsiver junger Mann, war er jetzt vollkommen unpersönlich, reif, und suchte nur noch das Vergnügen.
»Du weißt natürlich, wer dafür verantwortlich ist«, sagte er zu Dorothy. »Ich hätte ja nichts dagegen gehabt, wenn du entdeckt hättest, daß du mich nicht liebst, wenn du mich verlassen hättest, zu Robert gegangen wärst. Ich wußte, daß du dich zu ihm hingezogen fühltest, aber ich wußte nicht, wie sehr. Und ich konnte es dir nicht verzeihen, daß du uns in Paris beide gleichzeitig hattest. Wahrscheinlich habe ich dich oft genug nur wenige Minuten nach ihm genommen. Du hast die Gewalttätigkeit selbst herausgefordert. Ich wußte nicht, daß du von mir verlangtest, ich sollte Robert übertreffen, ihn aus deinem Körper vertreiben. Ich dachte, du wärst nur beinahe wahnsinnig vor Begierde. Also habe ich entsprechend reagiert. Du weißt, wie ich die Liebe mit dir betrieben habe, ich habe dich gebrochen, gebeugt, gequält. Einmal hast du sogar geblutet. Dann nahmst du ein Taxi und fuhrst von mir direkt zu ihm. Und außerdem hast du mir erzählt, daß du dich nach der Liebe nicht wäschst, weil du den Geruch liebst, der deine Kleider tränkt, weil du den Geruch liebst, der noch den

ganzen Tag lang an dir haftet. Als ich das alles erfuhr, bin ich beinahe verrückt geworden; am liebsten hätte ich dich umgebracht.«
»Ich bin ausreichend bestraft worden«, gab Dorothy heftig zurück.
Donald sah sie an. »Wie meinst du das?«
»Seit ich mit Robert verheiratet bin, bin ich frigide.«
Donald hob die Augenbrauen. Dann nahm sein Gesicht einen ironischen Ausdruck an. »Und warum erzählst du mir das? Erwartest du etwa von mir, daß ich dich wieder bluten lasse? Damit du, naß zwischen den Beinen, zu Robert zurückkehren und endlich bei ihm deinen Genuß finden kannst? Gott weiß, daß ich dich noch immer liebe. Aber mein Leben hat sich verändert. Ich halte jetzt nichts mehr von Liebe.«
»Und wie lebst du?«
»Ich habe meine kleinen Freuden. Ich lade gewisse, ausgewählte Freunde ein; ich biete ihnen zu trinken an; sie sitzen in meinem Zimmer – dort, wo du jetzt sitzt. Dann gehe ich in die Küche, mixe noch mehr Drinks und lasse sie eine kurze Weile allein. Sie kennen schon meinen Geschmack, meine kleinen Schwächen.
Wenn ich zurückkomme ... nun, dann sitzt sie vielleicht mit emporgestreiftem Rock in deinem Sessel, und er kniet vor ihr, betrachtet oder küßt sie, oder er sitzt im Sessel und sie ...
Was mir gefällt, ist die Überraschung und der Anblick der beiden. Sie bemerken mich nicht. Irgendwie ist es, wie es mit dir und Robert gewesen wäre, hätte ich Zeuge eurer kleinen Szenen sein können. Möglicherweise irgendeine Erinnerung. Und jetzt kannst du, wenn du magst, ein paar Minuten warten. Gleich wird ein Freund eintreffen. Ein ausnehmend attraktiver Mann.«
Dorothy wollte gehen. Doch da entdeckte sie etwas, das sie innehalten ließ. Die Tür zu Donalds Bad stand offen. Auf einer Seite war ein Spiegel daran befestigt. Sie wandte sich zu Donald um. »Hör zu«, sagte sie, »ich bleibe hier. Aber darf ich auch einen Wunsch äußern? Einen, der deine Befriedigung nicht im geringsten beeinträchtigen wird?«
»Was denn?«
»Statt in die Küche zu gehen, wenn du uns allein läßt – würdest du dich für eine Weile ins Bad zurückziehen und in den Spiegel dort sehen?«
Donald war einverstanden. John, sein Freund, traf kurz darauf ein. Er war von fabelhafter Statur, sein Gesicht jedoch verriet eine merkwürdige Dekadenz, eine Schlaffheit um Augen und Mund, einen Zug an der Grenze zur Perversität, die Dorothy faszinierten. Es war, als fände er in keiner der üblichen Liebesfreuden Befriedigung. In seinem Gesicht stand eine seltsame Unersättlichkeit und Neugier – er hatte ein wenig von einem Tier. Seine Lippen ließen die Zähne sehen. Als er Dorothy bemerkte, schien er zu erschrecken.

»Ich liebe Frauen feiner Art«, sagte er sofort und warf Donald einen dankbaren Blick zu für das Geschenk, die Überraschung, die ihre Anwesenheit hier darstellte.
Dorothy war von Kopf bis Fuß in Pelze gehüllt – Hut, Muff, Handschuhe, sogar ihre Schuhe waren mit Pelz besetzt. Ihr Parfüm hatte die Luft geschwängert.
John blieb lächelnd vor ihr stehen. Seine Gesten wurden ungezwungener. Plötzlich beugte er sich vor wie ein Bühnenregisseur und sagte: »Ich habe eine Bitte an Sie. Sie sind so schön! Ich hasse es, wenn eine Frau von Kleidern verhüllt ist. Und dennoch hasse ich es auch, sie auszuziehen. Würden Sie etwas für mich tun, etwas ganz besonders Schönes? Bitte entkleiden Sie sich nebenan und kommen Sie nur in Ihren Pelzen zurück. Würden Sie das für mich tun? Ich werde Ihnen auch sagen, warum ich Sie darum bitte. Nur rassige Frauen sind schön in Pelzen, und Sie sind rassig.«
Dorothy ging ins Bad, schlüpfte aus ihren Kleidern und kehrte nur in ihre Pelze gehüllt zurück. Die Strümpfe und ihre kleinen, pelzbesetzten Schuhe hatte sie nicht abgelegt.
Johns Augen strahlten vor Freude. Er saß da und sah sie an. Seine Erregung war so stark und ansteckend, daß Dorothy spürte, wie ihre Brüste an den Spitzen empfindlich wurden. Sie hatte den Wunsch, sie zu entblößen, den Pelz zu öffnen und Johns Freude zu sehen. Gewöhnlich ging die Wärme und die Empfindsamkeit der Brustwarzen Hand in Hand mit der Wärme und der Empfindsamkeit ihres Geschlechtsmundes.
Heute fühlte sie jedoch nur ihre Brüste, den Zwang, sie zu entblößen, sie mit den Händen anzuheben, ihm darzubieten. John beugte sich vor und berührte sie mit den Lippen.
Donald war verschwunden. Er wartete im Bad und blickte in den Türspiegel. Er sah Dorothy, ihre Brüste in den Händen, vor John stehen. Der Pelz hatte sich geöffnet und entblößte ihren ganzen Körper, schimmernd, glühend, üppig in dem Pelzwerk wie ein juwelengeschmücktes Tier. Donald war erregt. John berührte ihren Körper nicht, sondern sog nur an ihren Brüsten und hielt zuweilen inne, um den Pelz mit dem Mund zu berühren, als küsse er ein schönes Tier. Der Duft ihres Geschlechts – würziger Muschel- und Seegeruch, als sei sie wie Venus dem Meer entstiegen – mischte sich mit dem Duft des Pelzes, und John sog immer heftiger. Donald, der Dorothy im Spiegel sah, der das Haar ihres Geschlechts wie das Haar ihrer Pelze sah, Donald hatte das Gefühl, wenn John sie zwischen den Beinen berührte, müsse er ihn schlagen. Er kam, den erigierten Penis entblößt, aus dem Bad und schritt auf Dorothy zu. Dies glich so sehr der ersten Szene ihrer Leidenschaft zu Robert, daß sie

vor Glück aufstöhnte, sich von John losriß, sich ganz und gar Donald zuwandte und verlangte: »Nimm mich! Nimm mich!«
Mit geschlossenen Augen stellte sie sich vor, es sei Robert, der über ihr kauerte wie ein Tiger, der ihren Pelz aufriß und sie mit zahllosen Händen, Mündern und Zungen liebkoste, der jeden Teil ihres Körpers berührte, der ihre Beine teilte, sie küßte, biß, leckte. Sie trieb die beiden Männer zur Raserei. Nichts war zu hören außer dem Atmen, den kleinen Schmatzlauten, dem Geräusch des Penis in ihrer Feuchtigkeit.
Benommen ließ sie die beiden zurück, zog sich an und eilte so rasch hinaus, daß sie es kaum wahrnahmen. Donald fluchte: »Sie kann's nicht abwarten! Sie kann's nicht abwarten, sie muß zu ihm zurückkehren wie früher! Ganz naß und feucht von der Liebe anderer Männer.«
Es stimmte, daß Dorothy sich nicht wusch. Als Robert wenige Minuten nach ihr zu Hause eintraf, war sie ganz angefüllt mit schweren Gerüchen, war sie weit offen, vibrierte noch immer. Ihre Augen, ihre Bewegungen, ihre träge Pose auf der Couch luden ihn ein. Robert kannte ihre Stimmungen. Und reagierte sofort. Er war glücklich, daß sie wieder so war wie vor langer Zeit. Sie würde jetzt feucht zwischen den Beinen sein, empfindsam. Er drang in sie ein.
Robert konnte nie genau sagen, wann sie kam. Der Penis nimmt diesen Spasmus der Frau, nimmt diese kleinen Zuckungen nur selten wahr. Der Penis fühlt nur seine eigene Ejakulation. Diesmal wollte Robert aber den Spasmus, diese wilde, kleine Umklammerung in Dorothy spüren. Er hielt den eigenen Orgasmus zurück. Sie konvulsierte. Der Augenblick schien gekommen. In der Woge seiner eigenen Lust vergaß er, sie zu beobachten. Und Dorothy hatte Erfolg mit ihrer Täuschung – unfähig, den Orgasmus zu erreichen, den sie erst eine Stunde zuvor erlebt hatte, als sie sich mit geschlossenen Augen vorstellte, es sei Robert, der sie nahm.

Schirokko

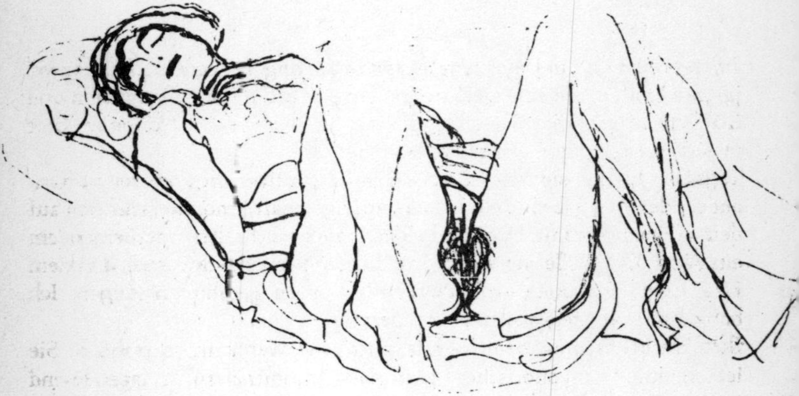

Immer, wenn ich in Deya zum Strand hinabging, begegnete ich dort zwei jungen Frauen, die eine zierlich und jungenhaft, mit kurzen Haaren und fröhlichem, rundem Gesicht; die andere wie eine Wikingerin, mit majestätischer Figur und stolzem Haupt.
Tagsüber hielten sie sich abseits. In Deya sprachen alle Fremden miteinander, denn es gab nur ein Lebensmittelgeschäft, und man traf sich auf dem kleinen Postamt. Doch die beiden Frauen wechselten mit niemandem ein Wort. Die große war schön, mit dichten Brauen, schwerem, dunklem Haar und hellblauen, von dichten Wimpern gerahmten Augen. Ich betrachtete sie stets voller Bewunderung.
Ihre Zurückhaltung beunruhigte mich. Sie waren nicht fröhlich. Sie lebten eine Art hypnotisches Leben. Sie schwammen ruhig, lagen lesend im Sand.
Dann kam der Schirokko von Afrika herüber. Er hält stets mehrere Tage an und ist nicht nur heiß und trocken, sondern zieht in einer Serie von Wirbeln einher, dreht sich hektisch, kreist die Menschen ein, fällt wie mit Hämmern über sie her, zerschlägt Türen, zerbricht Fensterläden, bläst einem feinen Sand in die Augen, den Hals, dörrt alles aus und reizt die Nerven. Man kann nicht schlafen, kann nicht spazierengehen, kann nicht still sitzen, kann nicht lesen. Die Gedanken beginnen zu wirbeln wie der Wind.
Der Wind ist beladen mit Düften aus Afrika, mit schweren, sinnlichen Tiergerüchen. Er bringt eine Art Fieber und Unruhe der Nerven mit.
Eines Nachmittags war ich von ihm überrascht worden, als ich noch eine halbe Stunde Fußmarsch nach Hause hatte. Vor mir schritten die beiden Frauen und hielten ihre Röcke fest, die ihnen der Wind über den Kopf zu blasen drohte. Als ich an ihrem Haus vorbeikam, sahen sie mich gegen den Staub und die blendende Hitze ankämpfen und sagten: »Kommen Sie doch herein und warten Sie ab, bis es ruhiger wird.«
Gemeinsam betraten wir das Haus. Sie wohnten in einem maurischen Turm, den sie für eine geringe Summe gekauft hatten. Die alten Türen schlossen nicht fest, und der Wind drückte sie immer wieder auf. Ich saß

mit ihnen in einem großen, kreisrunden Zimmer mit Natursteinwänden und hübschen Möbeln.

Die jüngere verließ uns, um Tee zu machen. Ich blieb allein mit der Wikingerprinzessin, deren Gesicht vom Schirokkofieber gerötet war. »Dieser Wind macht mich noch verrückt, wenn er nicht aufhört«, sagte sie. Mehrmals erhob sie sich, um die Tür zu schließen. Es war, als begehre ein Eindringling Einlaß und werde jedesmal abgewiesen, nur um sogleich wieder die Tür zu öffnen. Die Frau schien das gespürt zu haben, denn sie begegnete diesem Eindringen mit Zorn und einer wachsenden Furcht.

Doch das, was der Wind ins Turmzimmer hereinzudrücken schien, konnte die Wikingerin nicht ganz und gar abweisen, das wußte sie, und darum begann sie bald zu sprechen.

Sie sprach wie in einem dunklen Beichtstuhl, mit niedergeschlagenen Augen, ohne dem Priester ins Gesicht zu blicken, bemüht, aufrichtig zu sein und nichts zu vergessen.

»Ich dachte, hier könnte ich Frieden finden, doch seit dieser Wind angefangen hat, ist es, als rühre er alles auf, was ich vergessen will.

Ich wurde in einer der uninteressantesten Westernstädte Amerikas geboren. Meine Zeit verbrachte ich damit, von fremden Ländern zu lesen, und war entschlossen, koste es, was es wolle, im Ausland zu leben. Ich liebte meinen Mann schon, bevor ich ihn persönlich kennenlernte, weil ich gehört hatte, daß er in China lebte. Als er sich in mich verliebte, hatte ich das bereits erwartet, als sei das alles vorausgeplant gewesen. Ich heiratete China. Ich vermochte ihn nicht als gewöhnlichen Mann zu sehen. Er war hochgewachsen, schlank, ungefähr fünfunddreißig, sah aber älter aus. Sein Leben in China war schwer gewesen. Über seinen Beruf ließ er sich nur unbestimmt aus: er hatte vieles getan, um Geld zu verdienen. Mit seiner Brille wirkte er wie ein Student. Irgendwie war ich in die Vorstellung China so sehr verliebt, daß es mir schien, mein Mann sei kein Weißer, sondern ein Orientale. Ich glaubte sogar, er rieche anders als andere Männer.

Kurz darauf reisten wir nach China. Als ich dort eintraf, fand ich ein reizendes, zierliches Haus voller Dienstboten vor. Daß die Frauen ausnehmend schön waren, erschien mir nicht seltsam. So hatte ich sie mir vorgestellt. Sie bedienten mich, wie ich fand, sklavisch, bewundernd. Sie bürsteten mir das Haar, lehrten mich, Blumen zu arrangieren, in ihrer Sprache zu singen, zu schreiben und zu sprechen.

Wir schliefen in getrennten Zimmern, aber die Wände waren wie Papier. Die Betten waren hart, niedrig und mit dünnen Matratzen belegt, so daß ich anfangs gar nicht gut schlief.

Mein Mann pflegte eine Weile bei mir zu bleiben und dann zu gehen. Mit der Zeit hörte ich Geräusche aus dem Nebenzimmer, Geräusche wie von miteinander ringenden Körpern. Ich hörte das Rascheln von Matten, gelegentlich auch unterdrücktes Gemurmel. Anfangs war mir nicht ganz klar, was da vorging. Also stand ich geräuschlos auf und öffnete die Tür. Da sah ich, daß mein Mann mit zwei oder drei Dienstmädchen zusammen im Bett lag und sie liebkoste. Im Halbdunkel waren ihre Körper völlig ineinander verschlungen. Als ich hereinkam, schickte er die Mädchen fort. Ich weinte.

Mein Mann sagte zu mir: ›Ich lebe schon so lange in China, daß ich mich an sie gewöhnt habe. Dich habe ich geheiratet, weil ich mich in dich verliebt hatte, aber ich vermag dich nicht so zu genießen wie diese anderen Frauen... Warum, kann ich dir nicht sagen.‹

Aber ich bat ihn, mir die Wahrheit zu sagen, ich bat und bettelte. Nach einer Weile sagte er: ›Sie sind sexuell so klein, und du bist größer...‹

›Was soll ich nun machen?‹ fragte ich ihn. ›Wirst du mich heimschicken? Ich kann hier nicht leben, während du im Nebenzimmer andere Frauen liebst.‹

Er versuchte mich zu trösten, zu beruhigen. Er streichelte mich sogar, aber ich wandte mich ab und schlief weinend ein.

Am nächsten Abend, als ich im Bett lag, kam er zu mir und sagte lächelnd: ›Wenn du mich liebst und mich nicht wirklich verlassen willst, laß mich etwas ausprobieren, das uns vielleicht hilft, Freude aneinander zu finden, ja?‹

Ich war so verzweifelt und eifersüchtig, daß ich versprach, alles zu tun, was er von mir verlangte.

Nun entkleidete sich mein Mann, und ich sah, daß sein Penis in einem Gummiüberzug steckte, der mit kleinen Gummidornen besetzt war. Das machte ihn riesig. Und ängstigte mich. Aber ich duldete, daß er mich nahm. Zuerst tat es weh, obwohl die Dornen aus Gummi waren, doch als ich sah, daß er es genoß, ließ ich ihn weitermachen. Meine ganze Sorge galt nun der Frage, ob dieser Genuß bewirken würde, daß er mir treu blieb. Er schwor mir, daß er mir treu sein werde, daß er seine Chinesinnen nicht mehr begehre. Aber bei Nacht lag ich wach und lauschte auf Geräusche aus seinem Zimmer.

Ein- oder zweimal war ich überzeugt, etwas zu hören, aber ich hatte nicht den Mut, mich zu vergewissern. Ich wurde verfolgt von der Idee, mein Geschlecht werde immer größer und ich könne ihm immer weniger Genuß verschaffen. Schließlich erreichte meine Angst ein Stadium, in dem ich krank wurde und meine Schönheit zu verlieren begann. Da beschloß ich, davonzulaufen. Ich ging nach Shanghai und mietete mich in einem Hotel ein. Ich hatte meinen Eltern um Geld für die Heimreise gekabelt.

In diesem Hotel lernte ich einen amerikanischen Schriftsteller kennen,

einen hochgewachsenen Mann, schwer, ungeheuer dynamisch, der mich behandelte, als wäre ich ein Mann, ein Kamerad. Wir gingen zusammen aus. Wenn er glücklich war, schlug er mir kräftig auf den Rücken. Wir tranken und erforschten Shanghai.
Einmal betrank er sich in meinem Zimmer, und wir begannen zu ringen wie Männer. Er ersparte mir keinen Trick. Wir lagen da in allen möglichen Posen und verrenkten uns die Glieder. Einmal hatte er mich zu Boden gedrückt und ich ihm die Beine um den Hals geklammert, dann lag ich wieder auf dem Bett, den Kopf zurückgebogen, daß er den Fußboden berührte. Ich dachte, gleich werde mein Rückgrat brechen. Ich liebte seine Kraft und sein Gewicht, das auf mir lastete. Ich roch seinen Körper, als wir uns aneinanderpreßten. Wir keuchten. Ich stieß mir den Kopf an einem Stuhlbein. Wir rangen endlos.
Wenn ich mit meinem Mann zusammen war, hatte er es immer geschafft, daß ich mich meiner Größe, meiner Kraft schämte. Dieser Mann aber nannte alles beim richtigen Namen und genoß es. Ich fühlte mich wie befreit. ›Du bist wie eine Tigerin‹, erklärte er. ›Ich liebe das.‹
Als wir unseren Ringkampf beendet hatten, waren wir beide völlig erschöpft. Wir fielen aufs Bett. Meine lange Hose war zerrissen, der Gürtel geplatzt. Meine Bluse hing heraus. Gemeinsam lachten wir darüber. Er schenkte sich noch einen Drink ein. Ich lag keuchend da. Dann barg er seinen Kopf unter meinem Hemd und begann meinen Bauch zu küssen; gleichzeitig zog er langsam meine Hose herunter.
Plötzlich klingelte das Telefon; ich zuckte zusammen. Wer konnte das sein? Ich kannte niemanden in Shanghai. Ich nahm den Hörer ab; es war mein Mann. Irgendwie hatte er herausgefunden, wo ich steckte. Er redete und redete. Mittlerweile hatte sich mein Freund von der Überraschung des Anrufs erholt und setzte seine Liebkosungen fort. Es machte mir großes Vergnügen, mit meinem Mann zu sprechen, seine Bitten um meine Heimkehr anzuhören ... und all das, während sich mein betrunkener Freund sämtliche Frechheiten bei mir herausnahm, nachdem es ihm gelungen war, meine Hose herunterzuziehen: mich zwischen den Beinen biß, indem er meine Lage auf dem Bett ausnutzte, mich küßte, meine Brüste liebkoste. So intensiv war dieser Genuß, daß ich das Gespräch in die Länge zog.
Ich diskutierte alles mit meinem Mann. Er versprach, die Dienstmädchen fortzuschicken, wollte zu mir ins Hotel kommen.
Ich erinnerte mich an alles, was er mir angetan hatte, in diesem Zimmer neben dem meinen, an seine Gefühlsroheit bei seiner Untreue. Und da überfiel mich ein teuflischer Impuls. ›Ich verbiete dir, herzukommen‹, sagte ich zu meinem Mann. ›Ich lebe mit einem anderen zusammen. Er liegt hier neben mir und liebkost mich, während ich mit dir telefoniere.‹

Ich hörte, wie mich mein Mann mit den übelsten Ausdrücken beschimpfte. Ich war glücklich. Ich legte den Hörer auf und ließ mich unter den kraftvollen Körper meines neuen Freundes sinken.
Dann begann ich mit ihm zu reisen ...«

Der Schirokko hatte die Tür abermals aufgestoßen, und die Frau erhob sich, um sie zu schließen. Allmählich legte sich der Wind; dies war eine letzte, heftige Bö gewesen. Die Frau setzte sich wieder. Ich dachte, sie werde weitererzählen. Ich war neugierig auf ihren jungen Gefährten. Aber sie schwieg. Nach einer Weile verabschiedete ich mich. Als wir uns am nächsten Tag auf dem Postamt begegneten, schien sie mich nicht einmal mehr zu kennen.

Die Maja

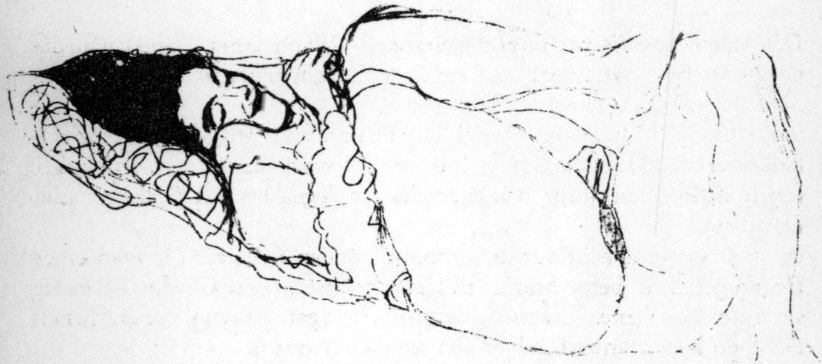

Der Maler Novalis war jung verheiratet mit María, einer Spanierin, in die er sich verliebt hatte, weil sie dem Gemälde glich, das ihm von allen am liebsten war: der »Nackten Maja« von Goya.

Sie zogen nach Rom. Als María das Schlafzimmer sah, klatschte sie voll kindlicher Freude in die Hände und bewunderte die luxuriösen venezianischen Möbel mit ihrer wundervollen Einlegearbeit in Perlmutt und Elfenbein.

In jener ersten Nacht auf dem monumentalen Bett, für die Frau eines Dogen gemacht, bebte María vor Lust und streckte die Glieder, bevor sie sie unter den feinen Laken verbarg. Die rosigen Zehen ihrer zierlichen Füßchen bewegten sich, als riefen sie nach Novalis.

Doch nicht ein einziges Mal zeigte sie sich ihrem Ehemann vollständig entkleidet. Denn erstens war sie Spanierin, zweitens Katholikin und drittens durch und durch spießbürgerlich. Bevor miteinander geschlafen wurde, mußte das Licht gelöscht werden.

Novalis, der vor dem Bett stand, betrachtete sie mit zusammengezogenen Brauen, beherrscht von einem Wunsch, den auszusprechen er sich scheute. Er wollte sie sehen, sie bewundern. Trotz jener Nächte im Hotel, in denen sie auf der anderen Seite der dünnen Wände fremde Stimmen hören konnten, kannte er sie noch immer nicht ganz. Was er erbat, war nicht die Laune eines Liebenden, sondern der Wunsch eines Malers, eines Künstlers. Seine Augen hungerten nach ihrer Schönheit. María weigerte sich errötend, ein wenig böse, weil ihre zutiefst eingewurzelten Vorurteile verletzt wurden.

»Sei nicht dumm, liebster Novalis«, sagte sie. »Komm zu Bett.«

Aber er ließ sich nicht abweisen. Sie müsse ihre kleinbürgerlichen Skrupel überwinden, erklärte er. Die Kunst spotte über solche Schamhaftigkeit, die menschliche Schönheit sei dazu bestimmt, in all ihrer Majestät offen gezeigt und nicht versteckt, verachtet zu werden.

Seine Hände, gehemmt von der Furcht, ihr wehzutun, zerrten sanft an ihren schwachen Armen, die sie vor der Brust gekreuzt hatte.

Sie lachte. »Du Dummer! Du kitzelst mich. Du tust mir weh.«

Aber allmählich, in ihrem weiblichen Stolz geschmeichelt durch die Bewunderung, die er ihrem Körper zollte, gab sie ihm nach, duldete, daß er sie behandelte wie ein Kind, mit sanften Ermahnungen, als erleide sie eine angenehme Folter.

Befreit von seinen Hüllen, schimmerte ihr Körper weiß wie Perlmutt. María schloß die Augen, als wolle sie vor der Scham ihrer Nacktheit fliehen. Ihre graziöse Gestalt auf dem glatten Laken machte die Augen des Künstlers trunken.

»Du bist Goyas faszinierende kleine Maja«, sagte er.

In den darauffolgenden Wochen wollte sie ihm weder Modell stehen noch dulden, daß er andere Modelle benutzte. Sie erschien unerwartet im Atelier und plauderte mit ihm, während er malte. Als sie eines Nachmittags plötzlich sein Atelier betrat, sah sie auf dem Podest, von ein paar Pelzen kaum verhüllt, eine nackte Frau liegen, die die Kurven ihres elfenbeinweißen Rückens zeigte.

Später machte María ihm eine Szene. Novalis bat sie, ihm Modell zu stehen; sie kapitulierte. Von der Hitze ermattet, schlief sie ein. Er arbeitete drei Stunden lang ohne Pause.

Mit freimütiger Unbescheidenheit bewunderte sie sich auf der Leinwand wie sonst in dem großen Schlafzimmerspiegel. Geblendet von der Schönheit ihres Körpers, verlor sie für einen Moment ihre Hemmungen. Außerdem hatte Novalis dem Körper ein anderes Gesicht gegeben, so daß niemand sie erkennen würde.

Danach jedoch verfiel María wieder in ihre alten Denkgewohnheiten und weigerte sich, Modell zu stehen. Jedesmal, wenn Novalis ein Modell engagierte, machte sie eine Szene, beobachtete ihn, lauschte an Türen und stritt unablässig mit ihm herum.

Vor Unruhe und morbiden Ängsten wurde sie sogar krank und litt an Schlaflosigkeit. Der Arzt gab ihr Pillen, die ihr zu tiefem Schlaf verhalfen.

Wie Novalis feststellte, hörte sie nichts, wenn sie diese Pillen genommen hatte – nicht, wenn er aufstand und umherging, ja nicht einmal, wenn er etwas fallen ließ. Eines Morgens erwachte er früh, weil er arbeiten wollte, und beobachtete sie im Schlaf, der so tief war, daß sie sich kaum regte. Da kam ihm eine seltsame Idee.

Er schlug die Laken zurück, die sie bedeckten, und hob ganz langsam ihr seidenes Nachthemd. Er konnte es über ihre Brüste hinaufschieben, ohne daß sie erwachte. Jetzt lag ihr Körper offen da, und er konnte ihn studieren, solange er wollte. Die Arme hatte sie seitlich ausgestreckt; ihre Brüste ruhten wie eine Opfergabe vor seinen Augen. Er war erregt vor Sehnsucht nach ihr und wagte es dennoch nicht, sie zu berühren. Statt dessen holte er Zeichenpapier und -stifte, setzte sich ans Bett und

skizzierte sie. Beim Arbeiten hatte er das Gefühl, jede vollkommene Linie ihres Körpers zu streicheln.
Zwei Stunden lang konnte er ungestört arbeiten. Als er bemerkte, daß die Wirkung der Schlaftabletten nachließ, zog er das Nachthemd wieder herab, bedeckte sie mit dem Laken und verließ das Zimmer.
Später bemerkte María zu ihrem Erstaunen an ihrem Mann eine ganz neue Begeisterung für die Arbeit. Tagelang schloß er sich im Atelier ein und malte nach den Bleistiftskizzen, die er am Morgen angefertigt hatte.
Auf diese Weise schuf er mehrere Gemälde von ihr, immer liegend, immer im Schlaf, genau wie am ersten Tag, als sie für ihn posiert hatte. María war verblüfft über die Besessenheit. Sie hielt die Bilder für Wiederholungen ihres ersten Posierens. Jedesmal gab er ihr ein fremdes Gesicht. Und da ihr Ausdruck normalerweise ernst und streng war, kam niemand, der diese Gemälde sah, auch nur entfernt auf die Idee, dieser so sinnliche Körper könne der ihre sein.
Novalis begehrte seine Frau nicht mehr, wenn sie wach war, mit ihrer puritanischen Miene und dem harten Blick. Er begehrte sie nur, wenn sie schlief, selbstvergessen, üppig und weich.
Er malte sie ununterbrochen. Wenn er mit einem neuen Bild allein im Atelier war, legte er sich davor auf die Couch, und wenn sein Blick auf Majas Brüsten ruhte, auf dem Tal ihres Bauches, auf dem Haar zwischen ihren Beinen, durchdrang ihn ein Gefühl der Wärme. Er spürte, wie sich eine Erektion ankündigte. Und staunte über die intensive Wirkung des Bildes. Ohne den Blick von dem Gemälde zu lösen, stellte er sich vor, die Maja berühre ihn mit ihren schönen Händen; er öffnete seine Hose und begann sich langsam zu liebkosen ... Nach dem Genuß lag er erschöpft vor seinem Bild.
Am nächsten Morgen stand er vor dem Bett mit der schlafenden María. Es war ihm gelungen, ihre Beine ein wenig zu spreizen, so daß er die Linie dazwischen sah. Während er ihre ungezwungene Pose, ihre geöffneten Beine betrachtete, befingerte er sein Geschlecht – abermals in der Vorstellung, sie liebkose ihn. Wie oft hatte er ihre Hand an seinen Penis geführt, hatte versucht, ihr diese Zärtlichkeit abzuringen, und jedesmal war sie angewidert gewesen und hatte ihre Hand zurückgezogen. Jetzt umschloß er den Penis mit seiner eigenen starken Hand.
María merkte schon bald, daß sie seine Liebe verloren hatte. Und wußte nicht, wie sie sie zurückgewinnen sollte. Ihr wurde klar, daß er ihren Körper nur liebte, wie er ihn malte.
Dann wandte er sich einer Kunstform zu, die er bisher noch nicht erprobt hatte. Er machte eine Skulptur von ihr, lebensgroß und verblüffend ähnlich. Die Gestalt lag schlafend da.

María fuhr für eine Woche zu Freunden aufs Land. Nach ein paar Tagen jedoch fühlte sie sich krank und kehrte heim, um ihren Arzt aufzusuchen. Als sie das Haus betrat, wirkte es unbewohnt. Auf Zehenspitzen schlich sie zum Atelier. Kein Laut. Nun redete sie sich ein, Novalis schlafe mit einer anderen Frau. Sie näherte sich der Tür. Langsam, lautlos wie ein Dieb öffnete sie die Tür. Und sah folgendes: mitten im Atelier eine Statue von ihr: und darauf, sich an ihr reibend, ihr Mann, nackt, mit wirrem Haar, wie sie es nie an ihm gesehen hatte, und mit erigiertem Penis. Wollüstig rieb er sich an der Statue, küßte sie, liebkoste sie zwischen den Beinen. Er lag auf ihr, wie er auf María noch nie gelegen hatte. Die Statue schien ihn rasend zu machen, und überall um ihn herum standen Bilder von ihr: nackt, üppig, schön. Er warf den Bildern leidenschaftliche Blicke zu und fuhr fort, die Statue zu umarmen. Er feierte eine Orgie mit ihr, mit einer Ehefrau, die er in Wirklichkeit nicht kannte. Bei diesem Anblick flammte Marías sonst unterdrückte Sinnlichkeit auf – zum allererstenmal befreit. Als sie ihre Kleider abwarf, entdeckte sich ihm eine neue María, hingebungsvoll wie auf den Bildern, eine vor Leidenschaft entbrannte María, die ihren Körper ohne Scham, ohne Zögern all seinen Umarmungen darbot und die Bilder, die Statue aus seinem Gefühl zu verdrängen, sie zu übertrumpfen suchte.

Ein Malermodell

Meine Mutter hatte, was junge Mädchen betraf, europäische Vorstellungen. Ich war sechzehn. Noch nie war ich allein mit einem jungen Mann ausgegangen, hatte nie etwas anderes als literarische Romane gelesen und war freiwillig nicht so wie die anderen Mädchen meines Alters. Ich war, was man als »behütet« bezeichnen würde, ganz ähnlich wie so manche Chinesinnen unterrichtet in der Kunst, das Beste aus den abgelegten Kleidern zu machen, die mir eine reiche Cousine schickte, im Singen und Tanzen, im Schreiben mit eleganter Hand, im Lesen der anspruchsvollsten Bücher, in intelligenter Konversation, im Arrangieren meiner Haare zu schönen Frisuren, im Pflegen meiner Hände, damit sie zart und weiß blieben, im Benutzen ausschließlich des feinsten Englisch, das ich nach meiner Ankunft aus Frankreich gelernt hatte, in größter Höflichkeit gegenüber anderen Menschen.

Dies war es, was von meiner europäischen Erziehung übrigblieb. Aber in einer anderen Hinsicht glich ich durchaus den Orientalen: lange Perioden sanftmütigen Verhaltens wurden gefolgt von fast gewalttätigen Ausbrüchen, von Launen und Rebellion oder raschen Entschlüssen und spontanem Handeln.

Unvermittelt beschloß ich, arbeiten zu gehen – ohne jemanden um Rat zu fragen oder um Zustimmung zu bitten. Ich wußte, daß meine Mutter dagegen sein würde.

Ich war kaum einmal allein nach New York gefahren. Jetzt wanderte ich durch die Straßen, um mich auf alle möglichen Annoncen zu melden. Meine Fertigkeiten waren nicht sehr praktischer Natur. Ich verstand mich auf Sprachen, aber nicht aufs Maschineschreiben. Ich hatte spanischen Tanz gelernt, nicht aber die neuen Modetänze. Wo ich mich auch vorstellte, niemals flößte ich Vertrauen ein. Ich wirkte jünger, als ich war, und außerdem übersensibel, überzart. Ich sah aus, als sei ich ganz und gar unbelastbar, aber das war nur äußerlich.

Nach einer Woche hatte ich nichts erreicht außer dem Gefühl, niemandem von Nutzen zu sein. Daraufhin suchte ich eine Freundin der Familie auf, die mich ins Herz geschlossen hatte. Sie mißbilligte die Art, wie meine Mutter mich behütete. Sie freute sich, mich wiederzusehen, staunte über meinen Entschluß und war bereit, mir zu helfen. Und während ich launig von mir selbst berichtete, meine Vorzüge aufzählte, sagte ich unter anderem, ein Maler habe uns in der vorletzten Woche besucht und behauptet, ich besäße ein exotisches Gesicht. Meine Freundin sprang auf.

»Ich hab's!« rief sie. »Ich weiß, was du tun kannst. Es stimmt, du hast wirklich ein außergewöhnliches Gesicht. Also, ich kenne da einen Kunstclub, wo sich die Maler ihre Modelle holen. Dort werde ich dich einführen. Der Club ist eine Art Schutzorganisation für die Mädchen, die dadurch nicht mehr von Atelier zu Atelier ziehen müssen. Die Künstler sind im Club registriert, sind dort bekannt, und wenn sie ein Modell benötigen, rufen sie an.«

Als wir im Club in der Fifty-seventh Street eintrafen, gab es dort viel Betrieb und eine Menge Leute. Wie sich herausstellte, wurden gerade die Vorbereitungen für die alljährliche Show getroffen. Jedes Jahr einmal wurden sämtliche Modelle in die Kostüme gesteckt, die ihnen am besten standen, und den Künstlern vorgestellt. Ich wurde gegen einen kleinen Obolus registriert und sofort zu zwei älteren Damen noch oben geschickt, die mich ins Kostümzimmer führten. Eine von ihnen wählte ein Kostüm aus dem achtzehnten Jahrhundert für mich. Die andere befestigte meine Haare über den Ohren. Sie zeigte mir, wie ich meine Wimpern tuschen mußte. In den Spiegeln sah ich mich völlig verändert. Die Probe lief weiter. Ich mußte hinuntergehen und im ganzen Raum umherschreiten. Das fiel mir nicht schwer. Es war wie ein Maskenball.

Am Tag der Show waren alle sehr nervös. Von diesem Auftritt hing weitgehend der Erfolg der Modelle ab. Mit zitternder Hand färbte ich mir die Wimpern. Man drückte mir eine Rose in die Hand, und ich kam mir ein bißchen albern vor. Draußen wurde ich von Applaus begrüßt. Nachdem alle Mädchen langsam durch den Raum geschritten waren, unterhielten sich die Maler mit uns, notierten sich unsere Namen, verabredeten Sitzungen. Mein Terminkalender war so voll wie eine Tanzkarte.

Am Montag um neun sollte ich mich im Atelier eines bekannten Malers einfinden; um eins im Atelier eines Illustrators; um vier im Atelier eines Miniaturmalers, und so weiter. Es gab auch Malerinnen. Die erhoben Einwand dagegen, daß wir Make-up verwendeten. Sie behaupteten, wenn sie ein geschminktes Modell engagierten und es sich auf ihre Anweisung dann vor dem Posieren abschminkte, sehe es völlig anders aus. Aus diesem Grund posierten wir nicht so gern für Frauen.

Zu Hause schlug meine Erklärung, ich sei Malermodell geworden, wie eine Bombe ein. Aber es war nun mal geschehen. Ich konnte fünfundzwanzig Dollar die Woche verdienen. Meine Mutter weinte ein wenig, war im Grunde aber zufrieden.

An jenem Abend plauderten wir noch im Dunkeln. Ihr Zimmer lag neben dem meinen, und die Verbindungstür stand offen. Meine Mutter machte sich Sorgen über die Frage, was ich über das Geschlechtsleben wußte (oder nicht wußte).

Die Summe meiner Kenntnisse war folgende: daß ich mich, unten am Strand im Sand liegend, schon oft von Stephen hatte küssen lassen. Er hatte sich auf mich gelegt, und ich hatte gespürt, wie sich etwas Dickes, Hartes an mich preßte, aber das war auch alles, und als ich nach Hause kam, hatte ich zu meiner größten Verwunderung entdeckt, daß ich zwischen den Beinen feucht war. Meiner Mutter gegenüber hatte ich nichts davon erwähnt. Persönlich hatte ich den Eindruck, daß ich ein sehr sinnliches Mädchen, daß dieses Feuchtwerden zwischen den Beinen beim Küssen der Beweis für gefährliche zukünftige Neigungen sei. Ich kam mir tatsächlich vor wie eine Hure.

Meine Mutter erkundigte sich: »Weißt du, was geschieht, wenn ein Mann eine Frau nimmt?«

»Nein«, antwortete ich, »aber ich würde zunächst mal gern wissen, *wie* ein Mann eine Frau nimmt.«

»Nun ja, weißt du, der kleine Penis, den du an deinem Bruder gesehen hast, als du ihn baden durftest – der wird ganz groß und hart, und der Mann schiebt ihn in die Frau hinein.«

Das fand ich abscheulich. »Es muß aber ziemlich schwierig sein, ihn hineinzubekommen«, meinte ich.

»Nein, denn zuvor wird die Frau feucht, deshalb gleitet er leicht hinein.«

Jetzt verstand ich das Rätsel meines Feuchtwerdens.

Wenn dem so ist, dachte ich mir, werde ich niemals vergewaltigt werden können, denn um feucht zu werden, muß man den Mann mögen.

Wenige Monate zuvor war ich im Wald stürmisch von einem kräftigen Russen geküßt worden, der mich von einem Tanzabend heimbrachte, und hatte zu Hause angstvoll verkündet, ich sei schwanger.

Jetzt fiel mir wieder ein, daß wir eines Abends, als wir zu mehreren von einem Tanzabend gekommen und die Schnellstraße entlanggefahren waren, gehört hatten, daß irgendwo ein paar Mädchen schrien. John, mein Begleiter, hielt den Wagen an. Aus dem Gebüsch kamen zwei Mädchen auf uns zugelaufen, zerzaust, mit zerrissenen Kleidern und verstörtem Blick. Wir ließen sie einsteigen. Sie plapperten hysterisch, sie seien von einem Motorradfahrer mitgenommen und dann überfallen worden. Eine von ihnen jammerte immer wieder: »Wenn er mich entjungfert hat, bring ich mich um!«

Bei einem Gasthaus hielt John an und führte die Mädchen zur Damentoilette. Sofort gingen sie beide zusammen hinein. Die eine sagte: »Es hat nicht geblutet. Wahrscheinlich hat er mich doch nicht entjungfert.« Die andere weinte.
Wir brachten sie heim. Die eine bedankte sich bei mir. »Ich hoffe nur, daß dir nie so etwas passiert«, sagte sie.
Während meine Mutter sprach, fragte ich mich, ob sie wohl auch so etwas befürchtete und mich darauf vorbereiten wollte.
Ich kann nicht behaupten, daß mir nicht unbehaglich zumute war, als der Montag kam. Ich glaubte, wenn dieser Maler attraktiv wäre, würde ich mich in größerer Gefahr befinden, als wenn er es nicht wäre, denn wenn ich ihn mochte, würde ich womöglich feucht zwischen den Beinen werden.
Der erste war ungefähr fünfzig, kahl, mit einem ziemlich europäischen Gesicht und einem Bärtchen. Er hatte ein wunderschönes Atelier.
Er stellte einen Paravent vor mich hin, damit ich mich umziehen konnte. Ich warf meine Kleider oben drüber. Als ich mein letztes Wäschestück über den Rahmen des Paravents warf, sah ich darüber das lächelnde Gesicht des Malers erscheinen. Aber er machte das so komisch und lustig wie eine Szene aus einem Theaterstück, daß ich nichts sagte, sondern mich kostümierte und die verlangte Pose einnahm.
Alle halbe Stunde durfte ich mich ausruhen und eine Zigarette rauchen. Der Maler legte eine Schallplatte auf. »Möchtest du tanzen?« fragte er mich.
Wir tanzten auf dem blankpolierten Fußboden, drehten uns inmitten der Gemälde schöner Frauen. Als der Tanz zu Ende war, küßte er mich auf den Hals. »So zierlich«, sagte er bewundernd. »Posierst du auch nackt?«
»Nein.«
»Schade.«
Ich fand, die Situation sei gar nicht so schwierig zu meistern. Es wurde wieder Zeit zum Posieren. Die drei Stunden vergingen schnell. Während er arbeitete, redete er. Er habe sein erstes Modell geheiratet, erzählte er mir; sie sei unerträglich eifersüchtig; immer wieder komme sie in sein Atelier und mache ihm eine Szene; sie wolle nicht dulden, daß er einen Akt male. Er habe sich ein anderes Atelier gemietet, von dem sie nichts wisse. Er arbeite sehr häufig dort. Und gebe auch Parties. Ob ich einmal am Samstagabend hinkommen wolle?
Als ich ging, küßte er mich leicht auf den Hals. Augenzwinkernd sagte er: »Du wirst mich im Club doch nicht verraten, wie?«
Zum Lunch kehrte ich in den Club zurück, weil ich dort mein Gesicht herrichten und mich ein wenig frisch machen konnte. Außerdem gab es

dort billige Mahlzeiten. Die anderen Mädchen waren auch da. Wir gerieten ins Erzählen. Als ich die Einladung für den Samstagabend erwähnte, lachten sie und nickten einander zu. Ich konnte sie nicht zum Sprechen bringen. Eines der Mädchen hatte den Rock gehoben und untersuchte ein Muttermal hoch oben an ihrem Oberschenkel. Sie versuchte es mit einem kleinen, medizinischen Stift wegzuätzen. Und ich sah, daß sie kein Höschen trug, sondern nur ein schwarzes Kunstseidenkleid, das ihr am Körper klebte. Zwischendurch klingelte ab und zu das Telefon, und dann mußte eines der Mädchen zur Arbeit gehen.

Der nächste war ein junger Illustrator. Er trug sein Hemd am Hals oben offen. Als ich hereinkam, rührte er sich nicht vom Fleck, sondern rief mir nur zu: »Ich möchte viel Rücken und Schultern sehen. Da, leg dir den Schal um, oder sonst was.« Dann gab er mir einen kleinen, altmodischen Sonnenschirm und weiße Handschuhe. Den Schal steckte er fast bis zur Taille herunter fest. Das Bild war für den Umschlag einer Zeitschrift gedacht.

Der über meine Brüste drapierte Schal saß gefährlich lose. Als ich den Kopf so drehte, wie er es wünschte – eine Art einladende Bewegung –, rutschte er weg und entblößte meine Brüste. Er wollte nicht, daß ich mich bewegte. »Ich wünschte, ich könnte dich so malen«, sagte er.

Er lächelte, während er mit dem Kohlestift arbeitete. Als er sich herüberbeugte, um Maß zu nehmen, berührte er mit dem Stift meine Brustspitzen und hinterließ einen kleinen, schwarzen Tupfen. »Bleib so«, verlangte er, als er bemerkte, daß ich mich bewegen wollte.

Ich blieb so.

Dann sagte er: »Ihr Mädchen tut manchmal, als wärt ihr die einzigen, die einen Busen oder Hintern haben. Aber ich sehe so viele davon, daß sie mich nicht mehr interessieren, das versichere ich dir. Da ist mir meine Frau angezogen jederzeit lieber. Je mehr Kleider sie anhat, desto besser. Ich mache das Licht aus. Weil ich zu genau weiß, wie Frauen aussehen. Ich habe sie zu Millionen gezeichnet.«

Durch die leichte Berührung mit dem Stift waren meine Brustspitzen hart geworden. Das ärgerte mich, weil ich überhaupt kein Vergnügen dabei empfunden hatte. Warum waren meine Brüste nur so empfindlich? Und hatte er es bemerkt?

Er fuhr fort, zu zeichnen und die Skizze zu kolorieren. Als er innehielt, um einen Whisky zu trinken, bot er mir auch einen an. Er tauchte den Finger in den Whisky und berührte damit eine meiner Brustwarzen. Da ich nicht posierte, wich ich ärgerlich zurück. Er sah mich lächelnd an. »Ist das nicht ein schönes Gefühl?« fragt er. »Es wärmt.«

Das stimmte: Die Spitzen waren hart und rot geworden. »Du hast hübsche Brustwarzen. Du brauchst sie nicht mit dem Lippenstift zu

färben, oder? Sie sind von Natur aus rosig. Die meisten anderen sind lederbraun.«
Ich bedeckte mich.
Das war alles, für diesen Tag. Er bat mich, am folgenden Tag um die gleiche Zeit wiederzukommen.
Am Dienstag dauerte es länger, bis er sich an die Arbeit machte. Er redete. Die Füße hatte er auf den Zeichentisch gelegt. Er bot mir eine Zigarette an. Ich steckte meinen Schal fest. Er sah mir zu. »Zeig mal deine Beine«, sagte er. »Vielleicht zeichne ich nächstesmal Beine.«
Ich hob den Rock bis über die Knie.
»Laß deinen Rock oben und setz dich«, befahl er.
Er zeichnete meine Beine. Alles war still.
Dann stand er auf, warf den Stift auf den Tisch, beugte sich über mich, bog den Kopf nach hinten und küßte mich voll auf den Mund. Ich stieß ihn heftig von mir. Darüber mußte er lächeln. Rasch fuhr er mir mit der Hand unter den Rock, betastete meine Schenkel dort, wo die Strümpfe aufhörten, und war, ehe ich eine Abwehrbewegung machen konnte, schon wieder an seinem Platz.
Ich nahm die vorgeschriebene Pose ein und schwieg, denn ich hatte gerade eine Entdeckung gemacht: daß mir der Kuß und das Streicheln meiner nackten Schenkel Vergnügen bereitet hatte, obwohl ich den Mann nicht liebte. Gewehrt hatte ich mich nur aus Gewohnheit, in Wirklichkeit hatte ich Vergnügen empfunden.
Das Posieren ließ mir Zeit, aus dem Gefühl des Vergnügens zu erwachen und mich auf meine Verteidigung zu besinnen. Aber meine Abwehr war überzeugend gewesen, denn er verhielt sich für den Rest des Vormittags ruhig.
Vom ersten Moment an hatte ich geahnt, daß der Feind, gegen den ich mich wirklich wehren mußte, meine eigene Empfänglichkeit für Liebkosungen war. Außerdem wurde ich von großer Neugier über so viele Dinge geplagt! Und war gleichzeitig fest davon überzeugt, daß ich mich nur einem Mann schenken würde, den ich liebte.
Ich liebte Stephen. Am liebsten wäre ich zu ihm gegangen und hätte zu ihm gesagt: »Nimm mich! Nimm mich!« Unvermittelt erinnerte ich mich an einen anderen Zwischenfall ein Jahr zuvor, als eine meiner Tanten mich zum *Mardi Gras* nach New Orleans mitgenommen hatte. Freunde von ihr hatten uns in ihrem Auto mitfahren lassen. Bei uns befanden sich noch zwei weitere junge Mädchen. Eine Gruppe junger Männer nutzte das Durcheinander, den Lärm, die Aufregung und den Frohsinn aus, sprangen zu uns ins Automobil, rissen uns die Masken herunter und küßten uns, während meine Tante lautes Geschrei anstimmte. Dann verschwanden sie in der Menge. Ich war ganz benommen

und wünschte, der junge Mann, der mich gepackt und auf den Mund geküßt hatte, wäre noch da. Der Kuß hatte mich ganz schwach und erregt gemacht.
Wieder im Club, fragte ich mich, wie die anderen Modelle empfanden. Es gab zwar viel Gerede von Gegenwehr, aber ich fragte mich, ob das alles so ernst gemeint war.
Eines der hübschesten Modelle, ein Mädchen, dessen Gesicht gar nicht besonders schön war, das aber einen herrlichen Körper besaß, sagte gerade:
»Ich weiß nicht, was ihr anderen vom Nacktposieren haltet, aber ich liebe es. Schon als kleines Mädchen zog ich mich gern aus. Es gefiel mir, wenn die Leute mich anstarrten. Auf Parties legte ich, sobald die Leute ein bißchen betrunken waren, die Kleider ab. Ich zeigte gern meinen Körper. Jetzt kann ich es jedesmal kaum erwarten, bis ich mich ausziehen darf. Ich genieße es, wenn man mich betrachtet. Es macht mir Vergnügen. Wenn Männer mich ansehen, laufen mir köstliche Schauer über den Rücken. Und wenn ich in der Kunstschule vor einer ganzen Malklasse posiere, wenn ich die vielen Blicke sehe, die auf mir ruhen, verschafft mir das ein so großes Vergnügen, daß es mir ist, als ... na ja, als würde ich von einem Mann geliebt. Ich fühle mich schön, ich fühle mich, wie Frauen sich manchmal wohl fühlen, wenn sie sich für einen Liebhaber ausziehen. Ich genieße meinen eigenen Körper. Ich posiere gern mit meinen Brüsten in den Händen. Manchmal liebkose ich sie auch. Früher war ich mal beim Tingeltangel. Das war wunderbar! Ich genoß es genauso, wie die Männer das Zusehen genossen. Der Seidenstoff des Kleides ließ mich richtig erschauern – und dann entblößte ich meine Brüste, zeigte mich. Das erregte mich unsagbar. Wenn ich von den Männern berührt wurde, erregte mich das nicht halb so sehr; das war jedesmal eine Enttäuschung. Aber ich kenne Mädchen, die anders empfinden.«
»Ich fühle mich gedemütigt«, bekannte ein rothaariges Modell. »Ich habe immer das Gefühl, daß mir mein Körper nicht mehr gehört, daß er durch das Angestarrtwerden keinen Wert mehr besitzt.«
»Ich empfinde überhaupt nichts«, erklärte eine andere. »Ich finde es ganz und gar unpersönlich. Wenn Männer malen oder zeichnen, sehen sie in uns keine menschlichen Wesen mehr. Ein Maler sagte mir einmal, der Körper eines posierenden Modells sei ein Objekt, erotisch angeregt fühle er sich nur, wenn das Modell den Kimono ablege. In Paris ziehen sich die Modelle, wie man sagt, vor den Augen der Klasse aus, und das ist erregend.«
»Wenn es wirklich so unpersönlich wäre«, warf ein anderes Mädchen ein, »würden sie uns hinterher nicht zu ihren Parties einladen.«
»Oder ihre Modelle heiraten«, ergänzte ich, weil ich an die beiden Maler

aus meinem Kundenkreis dachte, die ihr Lieblingsmodell geheiratet hatten.

Eines Tages mußte ich auch für einen Buchillustrator posieren. Bei meiner Ankunft fand ich bereits zwei weitere Personen vor, ein Mädchen und einen Mann. Wir sollten zusammen Szenen darstellen, Liebesszenen für eine Liebesgeschichte. Der Mann war ungefähr vierzig, mit einem sehr reifen, sehr dekadenten Gesicht. Er sagte uns, welche Stellungen wir einnehmen sollten. Mir wies er eine Kußpose zu. Wir mußten unsere Pose halten, während der Illustrator fotografierte. Ich war nervös. Ich mochte den Mann nicht. Das andere Mädchen spielte die eifersüchtige Ehefrau, die die beiden überrascht. Wir mußten die Szene oft wiederholen. Jedesmal, wenn der Mann den Kuß andeutete, zuckte ich innerlich zurück, und das spürte er. Er war beleidigt. Seine Augen blickten spöttisch. Ich agierte schlecht. Der Illustrator schrie mich an, als drehten wir einen Film: »Mehr Leidenschaft! Du mußt mehr Leidenschaft zeigen!«

Ich versuchte mich daran zu erinnern, wie der Russe mich auf dem Heimweg vom Tanzabend geküßt hatte, und das machte mich etwas gelöster. Der Mann wiederholte den Kuß. Und jetzt hatte ich das Gefühl, daß er mich enger an sich drückte als notwendig; und seine Zunge brauchte er bestimmt auch nicht so zwischen meine Lippen zu schieben. Er tat es so schnell, daß ich keine Zeit zum Ausweichen hatte. Der Illustrator nahm sich die nächste Szene vor.

Der Mann sagte: »Ich stehe jetzt seit zehn Jahren Modell. Ich weiß nicht, warum die immer nur junge Mädchen wollen. Junge Mädchen haben keine Erfahrung, keinen Ausdruck. In Europa interessiert sich niemand für junge Mädchen in eurem Alter, also unter zwanzig. Die sind in der Schule oder bleiben zu Hause. Interessant werden sie erst nach der Heirat.«

Während er sprach, dachte ich an Stephen. Ich dachte daran, wie wir am Strand gewesen waren, im heißen Sand gelegen hatten. Ich wußte, daß Stephen mich liebte. Ich wollte, daß er mich nahm. Ich wünschte mir jetzt, sehr schnell zur Frau gemacht zu werden. Jungfrau zu sein, mich ständig wehren zu müssen, gefiel mir nicht. Ich hatte das Gefühl, jedermann müsse mir ansehen, daß ich noch Jungfrau war, und sei daher um so eifriger bemüht, mich zu erobern.

An jenem Abend ging ich mit Stephen aus. Irgendwie mußte ich es ihm beibringen. Mußte ihm erklären, daß ich Gefahr lief, vergewaltigt zu werden, daß also lieber er es tun sollte. Nein, dann würde er sich Sorgen machen. Wie konnte ich es ihm nur beibringen!

Ich hatte eine Neuigkeit für ihn: Ich war jetzt das Starmodell. Ich hatte mehr Engagements als alle anderen im Club, ich war begehrter als die

anderen, weil ich Ausländerin war und ein außergewöhnliches Gesicht besaß. Oft mußte ich auch am Abend posieren. Das alles berichtete ich Stephen. Er war sehr stolz auf mich.
»Du stehst gern Modell, nicht wahr?« fragte er mich.
»Sehr gern. Ich bin gern mit Malern zusammen, sehe mir ihre Arbeiten an ... Ob gut oder schlecht, ich liebe die Atmosphäre, die Geschichten, die ich zu hören bekomme. Es ist stets anders, niemals dasselbe. Es ist das reinste Abenteuer.«
»Machen sie ... Gehen sie mit ihren Modellen auch ins Bett?« fragte Stephen.
»Nur, wenn die Mädchen es selber auch wollen.«
»Aber sie versuchen es doch, wie?«
Ich merkte, daß er sich Sorgen machte. Wir gingen durch dunkle Felder vom Bahnhof zum Haus meiner Eltern. Ich wandte mich zu ihm und bot ihm meinen Mund. Er küßte mich. Ich sagte: »Nimm mich, Stephen! Nimm mich! Nimm mich!«
Er war wie vor den Kopf geschlagen. Ich warf mich in die Geborgenheit seiner Arme, ich wollte genommen werden, damit ich es hinter mir hatte, ich wollte zur Frau gemacht werden. Aber er verhielt sich vor Schreck ganz still. »Ich will dich heiraten«, sagte er, »aber das geht jetzt noch nicht.«
»Heiraten interessiert mich nicht.«
Doch jetzt wurde ich mir seines Erstaunens bewußt, und das brachte mich zum Schweigen. Ich war zutiefst enttäuscht von seiner konventionellen Einstellung. Der Augenblick verstrich. Er glaubte, es sei ein flüchtiger Anfall blinder Leidenschaft gewesen, ich hätte lediglich den Kopf verloren. Er war sogar stolz darauf, mich vor meiner eigenen Impulsivität bewahrt zu haben. Ich ging nach Hause und weinte.

Ein Illustrator fragte mich, ob ich wohl am Sonntag posieren könne, er müsse eiligst ein Plakat anfertigen. Als ich kam, war er bereits bei der Arbeit. Es war Vormittag, das Haus schien menschenleer. Sein Atelier lag im zwölften Stock. Er hatte das Plakat zur Hälfte fertig. Ich zog mich rasch aus und warf das Abendkleid über, das er mir gegeben hatte. Er schien mich überhaupt nicht zu beachten. Eine ganze Zeitlang arbeiteten wir friedlich. Ich wurde müde. Er merkte das und machte eine Pause. Ich schlenderte im Atelier umher und betrachtete seine anderen Bilder. Zumeist waren es Porträts von Schauspielerinnen. Ich fragte ihn, wer sie wären. Er antwortete mit Geschichten von ihren sexuellen Neigungen:
»Die da, die verlangt Romantik. Sonst kommt man nicht an sie heran. Sie machte es den Männern schwer. Sie ist Europäerin, daher liebt sie es, ausführlich umworben zu werden. Ich selbst gab dabei vorzeitig auf; es

war zu anstrengend. Aber sie war sehr schön, und es ist etwas Wunderbares, mit einer solchen Frau ins Bett zu gehen. Sie hatte wunderschöne Augen und eine entrückte Art, fast wie ein Hindu-Mystiker. Da überlegt man sich dann, wie sie wohl im Bett ist.
Aber ich habe noch andere sexuelle Heilige erlebt. Es ist hinreißend, die Veränderung zu erleben, die mit ihnen vorgeht. Die klaren Augen, die so durchsichtig sind, der Körper, der so schöne, harmonische Posen einnimmt, die zarten Hände ... wie sie sich verändern, wenn das Verlangen Besitz von ihnen ergreift! Diese sexuellen Heiligen! Wunderbar sind sie, denn es ist jedesmal eine so große Überraschung, eine so große Veränderung. Du, zum Beispiel, mit deinem Gehabe, als hätte noch nie jemand dich berührt – ich sehe es förmlich vor mir, wie du beißt und kratzt ... Ich bin sogar sicher, daß deine Stimme sich verändert; erlebt habe ich so etwas schon öfter. Es gibt Frauenstimmen, die klingen wie poetische, unirdische Echos. Und dann verändern sie sich. Die Augen verändern sich. Ich glaube, all diese Sagen über Menschen, die sich bei Nacht in Tiere verwandeln – die Geschichte vom Werwolf, zum Beispiel –, sind von Männern erfunden worden, die sahen, wie Frauen sich aus idealisierten, anbetungswürdigen Wesen in wilde Tiere verwandelten, und sie für besessen hielten. Aber ich weiß, daß es etwas weit Simpleres ist. Du bist noch Jungfrau, nicht wahr?«
»Nein, ich bin verheiratet«, entgegnete ich.
»Verheiratet oder nicht, du bist noch Jungfrau. Das spüre ich. Mich kann man nicht täuschen. Wenn du verheiratet bist, hat dich dein Mann noch nicht zur Frau gemacht. Findest du das nicht schade? Findest du nicht, daß du nur Zeit verschwendest, daß das richtige Leben erst mit der Sinnenfreude beginnt, mit der Verwandlung zur Frau?«
Dies entsprach so vollkommen meinen Gefühlen, meinem Wunsch, Erfahrungen zu sammeln, daß ich verstummte. Ich wollte es einem Fremden gegenüber nicht eingestehen.
Ich war mir klar darüber, daß ich mit dem Illustrator ganz allein in einem leeren Ateliergebäude war. Ich war traurig darüber, daß Stephen meine Sehnsucht, zur Frau zu werden, nicht verstand. Ich war nicht ängstlich, sondern schicksalsergeben, wünschte mir nur jemanden, in den ich mich verlieben konnte.
»Ich weiß, was du denkst«, sagte der Illustrator, »aber für mich hätte es keine Bedeutung, es sei denn, die Frau würde mich begehren. Ich könnte niemals mit einer Frau schlafen, die mich nicht begehrt. Als ich dich zum erstenmal sah, dachte ich, wie schön es doch wäre, dich zu wecken. Du hast etwas an dir, das darauf schließen läßt, daß du zahlreiche Liebesaffären haben wirst. Und da wäre ich gern der erste. Aber nur, wenn du es willst.«

Ich lächelte. »Genau dasselbe habe ich auch gerade gedacht. Es geht nur, wenn ich es will, und jetzt will ich es nicht.«
»Du darfst diesem ersten Mal nicht so große Bedeutung beimessen. Ich glaube, die Vorstellung, daß der erste Mann, der eine Frau nimmt, absolute Macht über sie besitzt, wurde von den Leuten erfunden, die ihre Töchter für die Ehe bewahren wollten. Ich halte das für Aberglauben, der die Frauen vor der Promiskuität bewahren sollte. In Wirklichkeit trifft es nicht zu. Wenn es einem Mann gelingt, in der Frau Liebe zu wecken, sie in Erregung zu versetzen, wird sie sich zu ihm hingezogen fühlen. Aber um das zu erreichen, genügt es nicht, ihr die Jungfräulichkeit zu nehmen. Das kann jeder Mann, ohne die Frau richtig zu erregen. Wußtest du, daß viele Spanier ihre Frauen nur so nehmen und ihnen viele Kinder machen, ohne sie sexuell jemals richtig zu wecken, nur damit sie sich auf ihre Treue verlassen können? Das Vergnügen hebt sich der Spanier für seine Mätresse auf. Ja, wenn er sieht, daß seine Frau die Sinnenfreude genießt, verdächtigt er sie sofort, treulos oder sogar eine Hure zu sein.«
Die Worte des Illustrators verfolgten mich tagelang. Dann jedoch stand ich vor einem neuen Problem. Der Sommer war gekommen, und die Maler zogen aufs Land, ans Meer, an ferne Orte in alle Himmelsrichtungen. Ich hatte nicht genug Geld, ihnen zu folgen, und war auch nicht sicher, wie viele Engagements ich bekommen würde. Eines Vormittags stand ich Modell für einen Illustrator namens Ronald. Nach der Arbeit setzte er das Grammophon in Gang und bat mich, mit ihm zu tanzen. Beim Tanzen sagte er: »Hättest du Lust, eine Zeitlang mit aufs Land zu kommen? Das würde dir gut tun, du würdest genug Arbeit finden, und ich zahle dir die Reise. Es gibt nur sehr wenige gute Modelle dort. Ich bin sicher, daß du viel zu tun haben wirst.«
Also fuhr ich.
In einem Farmhaus nahm ich mir ein kleines Zimmer. Dann ging ich zu Ronald, der ein Stück weiter die Straße entlang in einer Hütte wohnte, in die er ein großes Fenster hatte einbauen lassen. Zur Begrüßung blies er mir Zigarettenrauch in den Mund. Ich hustete.
»Ach«, sagte er, »du kannst ja nicht mal inhalieren!«
»Das interessiert mich nicht.« Ich stand auf. »Welche Pose soll ich einnehmen?«
»Ach was!« wehrte er lachend ab. »Hier draußen arbeiten wir nicht so fleißig. Du mußt lernen, dich ein bißchen zu amüsieren. Also, jetzt nimmst du mir den Rauch aus dem Mund und dann inhalierst du ihn ...«
»Ich will aber nicht inhalieren.«
Er lachte abermals. Er versuchte mich zu küssen. Ich entzog mich ihm.
»Oho!« sagte er. »Du willst mir also nicht den Aufenthalt hier verschö-

nern. Du weißt doch, daß ich dir die Reise bezahlt habe, und ich fühle mich hier sehr einsam. Wo ist dein Koffer?«
»Ich habe ein Zimmer in der Nähe.«
»Aber ich hatte dich eingeladen, hier zu wohnen«, protestierte er.
»Ich dachte, ich sollte Ihnen Modell stehen.«
»Ich brauche jetzt etwas anderes als ein Modell.«
Ich wollte gehen. »Weißt du«, sagte er, »es gibt hier eine stillschweigende Übereinkunft im Hinblick auf Modelle, die sich nicht amüsieren wollen. Wenn du dich so verhältst, wird dir niemand Arbeit geben.«
Ich glaubte ihm nicht. Am nächsten Vormittag begann ich an die Türen aller Künstler zu klopfen, die ich ausfindig machen konnte. Aber Ronald war mir zuvorgekommen. Daher wurde ich sehr kühl empfangen, wie ein Mensch, der einem anderen einen üblen Streich gespielt hat. Ich hatte weder Geld genug, um nach Hause zu fahren, noch Geld, um mein Zimmer zu bezahlen. Ich kannte niemanden. Die Gegend war wunderschön, bergig, aber ich konnte sie nicht genießen.
Am folgenden Tag, auf einem langen Spaziergang, stieß ich an einem Fluß auf eine Blockhütte. Draußen, im Freien, sah ich einen Mann sitzen und malen. Ich sprach ihn an. Ich erzählte ihm meine Geschichte. Er kannte Ronald nicht, wurde aber sehr zornig auf ihn. Er wollte versuchen, mir zu helfen, erklärte er. Ich erwiderte, ich wollte nur gerade genug verdienen, um nach New York zurückkehren zu können.
Und so begann ich für ihn zu posieren. Sein Name war Reynolds. Er war ungefähr vierzig, mit schwarzem Haar, sehr sanften, schwarzen Augen und einem strahlenden Lächeln – ein Eremit. Nie ging er ins Dorf – höchstens, um Lebensmittel einzukaufen –, er besuchte weder die Restaurants noch die Bars. Sein Gang war leicht, seine Geste gelöst. Er war zur See gefahren, als Matrose auf Trampfrachtern, um fremde Länder kennenzulernen. Er war immer ruhelos.
Er malte, was er auf seinen Reisen gesehen hatte, aus dem Gedächtnis. Jetzt saß er unter einem Baum, hob nie den Blick, sondern malte ein Stück wilden, südamerikanischen Dschungel.
Einmal, erzählte mir Reynolds, als er mit seinen Freunden im Dschungel war, hatten sie eine so starke Raubtierwitterung wahrgenommen, daß sie alle dachten, gleich würde irgendwo ein Panther auftauchen, doch aus dem Gebüsch war mit unglaublicher Geschwindigkeit eine Frau hervorgesprungen, eine nackte Wilde, die sie mit verschreckten Tieraugen anstarrte, davonlief – wobei sie diesen kräftigen Tiergeruch ausströmte –, sich in den Fluß warf und davonschwamm, ehe die Männer wieder zu Atem gekommen waren.
Ein Freund von Reynolds hatte eine solche Frau eingefangen. Nachdem er ihr die rote Farbe abgewaschen hatte, mit der sie bedeckt war, war sie sehr

schön. Wurde sie gut behandelt, gab sie sich sanft, ließ sich von Holzperlen und Schmuckgegenständen beschwichtigen.
Ihr durchdringender Geruch stieß Reynolds ab, bis ihm sein Freund einmal vorschlug, eine Nacht mit ihr zu verbringen. Dabei, stellte er fest, war ihr schwarzes Haar so fest und stach so sehr wie ein Männerbart. Der Raubtiergeruch vermittelte ihm das Gefühl, neben einem Panther zu liegen. Und sie war soviel stärker als er, daß er sich nach einer Weile beinahe wie eine Frau verhielt, während sie diejenige war, die ihn nach ihren Launen dirigierte. Sie war unermüdlich und schwer in Erregung zu bringen. Sie konnte mühelos Liebkosungen hinnehmen, die ihn erschöpften, und so schlief er in ihren Armen ein.
Dann spürte er, wie sie ihn bestieg und ein wenig Flüssigkeit auf seinen Penis träufelte, etwas, das zuerst brannte und ihn dann in furiose Erregung versetzte. Er hatte Angst. Sein Penis schien mit Feuer gefüllt zu sein, oder mit scharfen Paprika. Er rieb sich an ihr – eher, um das Brennen zu lindern, als aus Begierde.
Er war wütend. Sie lachte leise. Dann nahm er sie voll Raserei, getrieben von der Furcht, daß das, was sie ihm angetan, ihn zum letztenmal erregt hatte, daß es eine Art Zauber war, der das Maximum an Kraft aus ihm herausholen sollte, bis er starb.
Lachend legte sie sich zurück; ihre weißen Zähne blitzten, ihr Raubtiergeruch übte auf ihn jetzt die erotische Wirkung des Moschusduftes aus. Sie bewegte sich so heftig, daß er vermeinte, sie werde ihm den Penis ausreißen. Doch jetzt verlangte es ihn, sie zu unterjochen. Gleichzeitig liebkoste er sie.
Das überraschte sie. Noch nie schien jemand so etwas mit ihr gemacht zu haben. Als er nach zwei Orgasmen müde war, sie zu nehmen, fuhr er fort, ihre Klitoris zu reizen, und sie genoß es, bat um mehr, öffnete die Beine weit. Dann drehte sie sich auf einmal um, kniete sich aufs Bett und schob ihm ihr Hinterteil in einem unglaublichen Winkel entgegen. Sie erwartete, daß er sie abermals nahm, aber er fuhr nur fort, sie zu liebkosen. Von da an war es nur seine Hand, die sie begehrte. Sie rieb sich daran wie eine riesige Raubkatze. Wenn sie ihm tagsüber begegnete, rieb sie verstohlen ihr Geschlechtsteil an seiner Hand.
Reynolds sagte, seit jener Nacht kämen ihm die weißen Frauen schwächlich vor. Er lachte, als er die Geschichte erzählte.
Sein Bild hatte ihn daran erinnert, wie die Wilde sich im Gebüsch versteckt und wie eine Tigerin gewartet hatte, bis sie dann aufsprang und vor den Männern mit den Gewehren davonlief. Er hatte sie hineingemalt, mit ihren schweren, spitzen Brüsten, mit ihren schönen, langen Beinen und mit ihrer schmalen Taille.
Ich wußte nicht, wie ich für ihn posieren sollte. Aber er hatte ein anderes

Bild im Sinn. »Ganz einfach«, sagte er. »Ich möchte, daß du einschläfst. Aber du mußt dich in weiße Laken wickeln. Einmal habe ich in Marokko etwas gesehen, das ich schon immer malen wollte. Eine Frau war inmitten ihrer Seidengarnrollen eingeschlafen und hielt ihren Seidenwebrahmen mit den hennagefärbten Füßen. Du hast wunderschöne Augen, aber sie müssen geschlossen sein.«

Er ging in die Hütte und holte Laken heraus, die er wie ein Talar um mich drapierte. Er setzte mich an eine Holzkiste, rückte mir Körper und Hände zurecht, wie er es sich vorstellte, und begann sofort zu zeichnen. Es war sehr heiß. Die Laken machten mich warm, und die Pose war so träge, daß ich tatsächlich einschlief – wie lange, weiß ich nicht. Ich fühlte mich schlaff und unwirklich. Und dann spürte ich eine sanfte Hand zwischen den Beinen, eine sehr sanfte Hand, die mich so zart streichelte, daß ich wach werden mußte, um mich zu vergewissern, ob ich tatsächlich berührt worden war. Reynolds stand über mich gebeugt, aber mit einem Ausdruck so glückstrahlender Zärtlichkeit, daß ich mich nicht rührte.

»Nur einmal streicheln«, sagte er. »Nur einmal streicheln.«

Ich rührte mich nicht. Ich hatte noch nie so etwas gefühlt wie diese Hand, die sanft, so sanft die Haut zwischen meinen Beinen streichelte, ohne mein Geschlecht zu berühren. Er berührte lediglich die Spitzen meiner Schamhaare. Dann glitt seine Hand hinab in das Tal rings um mein Geschlecht. Ich wurde ganz schlaff und weich. Er beugte sich herüber und legte seinen Mund auf den meinen, berührte ganz leicht meine Lippen, bis mein Mund reagierte; erst dann berührte er meine Zungenspitze mit der seinen. Seine Hand bewegte sich, forschte, aber so sanft, daß es fast quälend für mich war. Ich war feucht, und ich wußte, wenn er sich ein wenig weiterbewegte, mußte er das spüren. Die Schlaffheit breitete sich in meinem ganzen Körper aus. Jedesmal, wenn er mit seiner Zunge die meine berührte, hatte ich das Gefühl, als stecke eine andere kleine Zunge in mir, die herauszuckte und ebenfalls berührt werden wollte. Seine Hand bewegte sich nur um mein Geschlecht herum, und dann über mein Hinterteil, und es war, als magnetisierte er das Blut, bis es der Bewegung seiner Hände folgte. Ganz sacht berührte sein Finger die Knospe, dann glitt er zwischen die pulsierenden Lippen. Er spürte die Feuchtigkeit. Er betastete sie erfreut, küßte mich, lag jetzt auf mir, und ich rührte mich nicht. Die Wärme, der Geruch der Pflanzen ringsum, sein Mund auf dem meinen – das alles wirkte auf mich wie eine Droge.

»Nur einmal streicheln«, wiederholte er leise, und sein Finger spielte mit meiner Klitoris, bis sie anschwoll und hart wurde. Dann hatte ich das Gefühl, als platze ein Samengefäß in mir – eine Freude, die mich unter seinen Fingern aufkeuchen ließ. Ich küßte ihn dankbar. Er lächelte. »Möchtest du mich streicheln?« fragte er.

Ich nickte, aber ich wußte nicht, was er von mir wollte. Er öffnet seine Hose, und ich sah seinen Penis. Ich nahm in in beide Hände. »Fester anfassen«, verlangte er. Dann merkte er, daß ich nicht weiter wußte, wie. Er nahm meine Hand in die seine und führte mich. Der weiße Schaum ergoß sich über meine Hand. Er bedeckte sich. Er küßte mich mit dem gleichen dankbaren Kuß, den ich ihm gegeben, nachdem ich mein Vergnügen gehabt hatte.

»Wußtest du, daß ein Hindu seine Frau zehn Tage lang vorbereitet, bis er sie endlich nimmt?« sagte er. »Zehn Tage lang streicheln und küssen die beiden einander nur.«

Der Gedanke an Ronalds Verhalten ärgerte ihn immer wieder – der Gedanke an die Art, wie er mich in aller Augen beleidigt hatte. »Sei nicht böse«, bat ich ihn. »Ich bin froh, daß er es getan hat, denn sonst wäre ich nie hierher gekommen.«

»Ich habe dich sofort geliebt, als ich dich mit deinem Akzent sprechen hörte. Ich kam mir vor, als sei ich wieder auf Reisen. Dein Gesicht ist so anders, dein Gang, deine Art ... Du erinnerst mich an das Mädchen, das ich in Fez malen wollte. Ich habe sie nur einmal gesehen – schlafend. Aber ich habe immer davon geträumt, sie zu wecken, wie ich dich geweckt habe.«

»Und ich habe immer davon geträumt, mit einer solchen Liebkosung geweckt zu werden«, entgegnete ich.

»Wärest du wach gewesen, ich hätte es nicht gewagt.«

»Du, der Abenteurer, der mit einer Wilden zusammengelebt hat?«

»Ich habe gar nicht richtig mit ihr zusammengelebt. Das war mein Freund. Aber er redete immer davon, deswegen erzähle ich es stets so, als wäre es mir passiert. In Wirklichkeit bin ich Frauen gegenüber schüchtern. Ich kann Männer niederschlagen, mich prügeln, mich betrinken, aber Frauen schüchtern mich ein, sogar Huren. Sie lachen mich aus. Aber dies ist genauso geschehen, wie ich es immer geplant hatte.«

»Nur werde ich in zehn Tagen wieder in New York sein«, sagte ich lachend.

»In zehn Tagen werde ich dich nach Hause fahren, wenn's unbedingt sein muß. Bis dahin bleibst du meine Gefangene.«

Zehn Tage lang arbeiteten wir draußen im Freien, lagen wir in der Sonne. Die Sonne wärmte meinen Körper, während Reynolds wartete, bis ich die Augen schloß. Manchmal tat ich, als wünschte ich mir, er täte mehr. Ich dachte, wenn ich die Augen zumachte, würde er mich nehmen. Es gefiel mir, wie er auf mich zukam, lautlos wie ein Jäger, und sich an meine Seite legte. Dann berührte er mich ganz leicht, als wolle er mich nicht wecken – bis ich feucht wurde. Seine Finger wurden drängender. Wir preßten die

Lippen aufeinander, liebkosten uns mit den Zungen. Ich lernte, seinen Penis in den Mund zu nehmen. Das erregte ihn ungeheuer. Er vergaß all seine Sanftheit und stieß mir seinen Penis in den Mund, bis ich zu ersticken glaubte. Einmal biß ich ihn, tat ihm weh, aber es machte ihm nichts aus. Ich schluckte den weißen Schaum. Als er mich küßte, waren unsere Gesichter davon bedeckt. Der herrliche Geruch des Sex haftete an meinen Fingern. Ich mochte mir nicht die Hände waschen.

Ich spürte, daß ein magnetischer Strom uns verband, zugleich aber, daß wir darüber hinaus nichts gemeinsam hatten. Reynolds hatte versprochen, mich nach New York zurückzubringen. Er konnte nicht länger auf dem Land bleiben. Und ich mußte mir Arbeit suchen.

Auf der Heimfahrt hielt Reynolds den Wagen an, und wir legten uns im Wald auf eine Decke, um auszuruhen. Wir liebkosten uns. »Bist du glücklich?« fragte er.

»Ja.«

»Könntest du glücklich bleiben, so, wie alles jetzt ist? Wie es mit uns steht?«

»Warum, Reynolds? Was ist los?«

»Hör zu, ich liebe dich. Das weißt du. Aber ich kann dich nicht nehmen. Das habe ich einmal bei einem jungen Mädchen getan; sie wurde schwanger und ließ eine Abtreibung machen. Sie ist verblutet. Seitdem habe ich keine Frau mehr nehmen können. Ich habe Angst. Wenn dir das gleiche passieren sollte, würde ich mich umbringen.«

An derlei Dinge hatte ich nie gedacht. Ich schwieg. Wir küßten uns lange. Zum erstenmal küßte er mich zwischen den Beinen, statt mich zu liebkosen, küßte mich, bis ich den Orgasmus verspürte. Wir waren glücklich. »Diese kleine Wunde, die die Frauen haben ... Sie flößt mir Angst ein«, sagte er.

In New York war es heiß, und die Künstler waren noch alle fort. Ich stand ohne Arbeit da. Deswegen begann ich, in Modegeschäften Kleider vorzuführen. Diese Art Arbeit war leicht zu bekommen, doch wenn man von mir verlangte, ich solle abends mit den Einkäufern ausgehen, weigerte ich mich und verlor die Stelle. Schließlich landete ich bei einer großen Firma in der Nähe der Thirty-fourth Street, die sechs Mannequins beschäftigte. Das Gebäude war furchteinflößend und grau. Es gab lange Reihen von Kleidern und ein paar Bänke, auf denen wir sitzen konnten. Wir warteten im Unterrock, immer bereit, uns möglichst schnell umzuziehen. Wenn unsere Nummer aufgerufen wurde, halfen wir uns gegenseitig beim Ankleiden.

Die drei Männer, die die Kleiderentwürfe verkauften, versuchten oft, uns anzufassen, zu kneifen. Abwechselnd blieben wir während der Mittags-

pause dort. Meine größte Angst war, mit dem Mann allein gelassen zu werden, der sich am hartnäckigsten erwies.
Einmal, als Stephen anrief und fragte, ob wir uns am Abend treffen könnten, trat der Mann hinter mich, schob die Hand in meinen Unterrock und betastete meine Brüste. Da ich nicht wußte, was ich sonst tun sollte, trat ich ihn kräftig, während ich den Telefonhörer hielt und versuchte, die Unterhaltung mit Stephen weiterzuführen. Er ließ sich nicht entmutigen, sondern versuchte, meinen Popo zu betasten. Ich trat ihn noch einmal.
Stephen fragte: »Wie? Was hast du gesagt?«
Ich beendete das Gespräch und drehte mich zu dem Mann um. Er war fort.
Die Einkäufer bewunderten unsere körperlichen Attribute nicht minder als die Kleider. Der Verkaufsleiter war sehr stolz auf mich und sagte oft, die Hand auf meinem Kopf: »Sie ist eigentlich Malermodell.«
Das bewirkte, daß ich mich nach dem Modellstehen zurücksehnte. Ich wollte nicht, daß Reynolds oder Stephen mich hier in einem häßlichen Bürogebäude fanden, wo ich vor häßlichen Verkäufern und Einkäufern Kleider vorführen mußte.

Schließlich wurde ich aufgefordert, im Atelier eines südamerikanischen Malers Modell zu stehen. Er hatte ein feminines Gesicht, bleich, mit riesigen schwarzen Augen, langes schwarzes Haar, und seine Gesten waren schlaff und weibisch. Sein Atelier war wunderschön: luxuriöse Teppiche, große Gemälde von nackten Frauen, seidene Vorhänge; außerdem brannte Räucherwerk. Er erklärte, ich müsse eine sehr schwierige Pose einnehmen. Als er mich fragte, ob ich schon einmal geritten sei, antwortete ich, ja, als kleines Mädchen.
»Wunderbar!« sagte er. »Genau, was ich suche. Also, hier habe ich einen Apparat konstruiert, der mir genau den Effekt verschafft, den ich benötige.«
Es war eine Pferdeattrappe ohne Kopf, nur Körper und Beine mit dem Sattel.
»Leg zuerst die Kleider ab, dann werde ich's dir zeigen«, sagte er. »Ich habe Schwierigkeiten mit diesem Teil der Pose. Die Frau wirft den Oberkörper zurück, weil das Pferd mit ihr durchgeht – so.« Er setzte sich auf die Pferdeattrappe und zeigte es mir.
Inzwischen hatte ich die Scheu beim Nacktposieren verloren. Ich zog mich aus, setzte mich auf das Pferd und lehnte mich weit zurück, die Arme emporgeworfen, die Beine um die Flanken des Pferdes geklammert, um nicht zu fallen. Der Maler war einverstanden. Er trat zurück und betrachtete mich. »Die Pose ist schwierig, daher erwarte ich nicht, daß du sie sehr lange hältst. Sag mir Bescheid, wenn du müde wirst.«

Er studierte mich von allen Seiten. Dann kam er zu mir und erklärte: »Als ich die Skizze anfertigte, war dieser Körperteil hier, zwischen den Beinen, deutlich zu sehen.« Er berührte mich ganz leicht, als gehöre das zu seiner Arbeit. Ich zog den Bauch ein wenig ein und schob die Hüften vor. »Jetzt ist es großartig«, lobte er. »Bleib so.«
Er begann zu zeichnen. Während ich dasaß, fiel mir auf, daß der Sattel eine ganz besondere Eigenheit hatte. Die meisten Sättel sind so geformt, daß sie den Konturen des Gesäßes folgen, und wölben sich dann zum Sattelknauf, an dem sich das Geschlecht der Reiterinnen zuweilen reibt. Ich hatte beides, die Vor- und die Nachteile dieser Stütze dort, oft genug selber erlebt. Einmal löste sich mein Strumpfband vom Strumpf und begann in der Reithose umherzutanzen. Meine Begleiter galoppierten, und ich wollte nicht zurückbleiben, also ritt ich weiter. Das Strumpfband rutschte schließlich zwischen mein Geschlecht und den Sattel und tat mir weh. Mit zusammengebissenen Zähnen ritt ich weiter. Der Schmerz war seltsamerweise mit einem Gefühl untermischt, das ich nicht definieren konnte. Ich war damals ein sehr junges Mädchen und wußte noch gar nichts über den Sex. Ich dachte, das Geschlecht einer Frau befinde sich innerhalb ihres Körpers, und hatte keine Ahnung von der Klitoris.
Nach dem Ritt hatte ich Schmerzen. Das erwähnte ich einem Mädchen gegenüber, das ich gut kannte, und wir begaben uns beide ins Bad. Sie half mir aus der Reithose, aus dem kleinen Strumpfhaltergürtel und fragte dann: »Bist du verletzt? Das ist eine sehr empfindliche Stelle. Wenn du da verletzt bist, kannst du vielleicht niemals mehr Lust empfinden.«
Ich ließ sie nachsehen. Die Stelle war rot und ein wenig geschwollen, aber es tat nicht sehr weh. Am meisten beunruhigte mich das, was sie gesagt hatte: daß mich diese Verletzung großer Freuden berauben könnte, großer, mir noch unbekannter Freuden. Sie bestand darauf, die Stelle mit feuchter Watte zu betupfen, streichelte mich und küßte mich schließlich, damit »alles gut« wurde.
Ich wurde mir dieses Körperteils sehr bewußt. Vor allem, wenn wir lange in großer Hitze ritten, empfand ich eine so starke Wärme, eine so starke Regung zwischen den Beinen, daß ich mir nur noch wünschte, absitzen und mich wieder von meiner Freundin pflegen lassen zu können. Immer wieder fragte sie mich: »Tut's weh?«
Daher antwortete ich einmal: »Ein bißchen.«
Wir saßen ab und gingen ins Bad, wo sie die wunde Stelle mit Watte und kühlem Wasser betupfte.
Und mich abermals befingerte. »Aber es sieht nicht mehr wund aus«, stellte sie fest. »Vielleicht wirst du doch noch Lust empfinden können.«
»Ich weiß nicht«, entgegnete ich. »Glaubst du, es ist alles ... gefühllos geworden ... von den Schmerzen?«

Meine Freundin beugte sich sehr behutsam über mich und berührte mich.
»Tut das weh?«
Ich lehnte mich zurück. »Nein«, antwortete ich. »Ich fühle gar nichts.«
»Fühlst du das hier?« erkundigte sie sich besorgt und drückte mit den Fingern auf den Lippen herum.
»Nein«, antwortete ich, ohne den Blick von ihr zu lassen. »Und das?« Jetzt fuhr sie mit den Fingern in winzigen Kreisen rings um die Spitze der Klitoris.
»Ich fühle überhaupt nichts.«
Immer eifriger prüfte sie, ob ich mein Gefühl völlig verloren hatte, steigerte ihre Liebkosungen und rieb meine Klitoris mit der einen Hand, während sie mit der anderen die Spitze vibrieren ließ. Sie keuchte, beobachtete mich genau und sagte schließlich: »Schön, schön, hier kannst du noch fühlen ...«
An diese Begebenheit mußte ich denken, als ich auf der Pferdeattrappe saß und bemerkte, daß der Sattelknauf besonders stark ausgebildet war. Damit der Maler sehen konnte, was er malte, rutschte ich ein wenig nach vorn, und als ich das tat, rieb sich mein Geschlecht an dem Lederbuckel. Der Maler beobachtete mich aufmerksam.
»Gefällt dir mein Pferd?« fragte er. »Weißt du, daß ich es in Bewegung setzen kann?«
»Wirklich?«
Er kam herüber, setzte die Attrappe in Bewegung, und tatsächlich, sie war so konstruiert, daß sie sich genauso bewegte wie ein Pferd.
»Das gefällt mir«, sagte ich. »Es erinnert mich an damals, wie ich als kleines Mädchen ausgeritten bin.« Er hatte aufgehört zu malen und beobachtete mich nur noch. Die Bewegung des Pferdes preßte mein Geschlecht noch fester gegen den Sattel und verursachte mir großen Genuß. Da ich glaubte, er werde es bemerken, verlangte ich: »Anhalten!«
Aber er lächelte nur und hielt es nicht an. »Gefällt es dir nicht?« fragte er.
Es gefiel mir. Mit jeder Bewegung wurde das Leder an meine Klitoris gepreßt, und ich glaubte einen Orgasmus nicht länger zurückhalten zu können. Ich bat ihn, das Pferd endlich anzuhalten. Mein Gesicht war gerötet.
Der Maler betrachtete mich genau, studierte jede Regung der Lust, die ich nicht unterdrücken konnte und die sich jetzt so sehr steigerte, daß ich mich ganz den Bewegungen des Pferdes hingab, die Reibung am Leder genoß, bis ich den Orgasmus einsetzen fühlte und vor seinen Augen kam.
Erst da wußte ich, daß er genau das erwartet, daß er das alles nur getan hatte, um zu sehen, wie ich es genoß. Er wußte, wann er die Maschine anhalten mußte. »Du kannst dich jetzt ausruhen«, sagte er.

Bald darauf posierte ich für eine Illustratorin, Lena, die ich auf einer Festlichkeit kennengelernt hatte. Sie liebte Gesellschaft. Schauspieler und Schauspielerinnen kamen sie besuchen, auch Schriftsteller. Sie malte Titelseiten für Zeitschriften. Ihre Tür stand immer offen. Die Gäste brachten etwas zu trinken mit. Die Gespräche waren scharf, grausam. Mir schien, daß alle ihre Freunde Karikaturisten waren. Jedermanns Schwächen wurden bloßgestellt. Oder sie stellten sich selber bloß. Ein schöner junger Mann, mit großer Eleganz gekleidet, machte kein Geheimnis aus seinem Beruf. Er saß in großen Hotels herum, wartete auf alte Damen, die allein waren, und führte sie zum Tanz. Sehr oft luden sie ihn auf ihr Zimmer ein.
Lena zog ein schiefes Gesicht. »Wie kannst du das nur tun?« fragte sie ihn. »So alte Frauen, wie kannst du da bloß eine Erektion bekommen? Wenn ich eine solche Frau auf meinem Bett liegen sähe, würde ich davonlaufen.«
Der junge Mann lächelte. »Da gibt es viele Möglichkeiten. Ich kann die Augen schließen und mir vorstellen, es wäre keine alte Frau, sondern eine junge, die mir gefällt, und wenn meine Augen geschlossen sind, denke ich daran, wie angenehm es sein wird, am nächsten Tag meine Miete zahlen oder einen neuen Anzug kaufen zu können, oder auch nur seidene Hemden. Dabei streichle ich dann immer das Geschlecht der Frau, ohne hinzusehen, weißt du, und bei geschlossenen Augen fühlen sie sich alle mehr oder weniger gleich an. Manchmal jedoch, wenn es mir schwerfällt, nehme ich Drogen. Ich weiß natürlich, daß meine Karriere auf diese Weise ungefähr fünf Jahre dauern wird, und daß ich anschließend nicht mal mehr für eine junge Frau von großem Nutzen sein werde. Aber bis dahin bin ich zweifellos froh, wenn ich nie wieder eine Frau ansehen muß.
Ich beneide meinen argentinischen Freund, meinen Wohnungsgenossen. Ein gut aussehender, aristokratischer Mann, absolut saft- und kraftlos. Frauen würden ihn wahrscheinlich lieben. Wenn ich unsere Wohnung verlasse, weißt du, was er dann tut? Er erhebt sich vom Bett, holt ein kleines, elektrisches Bügeleisen sowie ein Bügelbrett heraus, nimmt seine Hose und bügelt sie. Während des Bügelns stellt er sich vor, daß er untadelig gekleidet ein Haus verläßt, die Fifth Avenue entlangspaziert, irgendwo eine schöne Frau entdeckt, viele Häuserblocks weit dem Duft ihres Parfüms folgt und ihr in dicht besetzte Fahrstühle nachgeht, wo er sie beinahe berührt. Die Frau trägt immer einen Schleier und einen Pelz um den Hals. Ihr Kleid betont ihre Figur.
Nachdem er ihr so durch die Geschäfte gefolgt ist, spricht er sie schließlich an. Sie sieht, wie sein hübsches Gesicht sie anlächelt, und bemerkt, wie chevaleresk er sich verhält. Die beiden gehen gemeinsam weiter, nehmen

irgendwo den Tee und begeben sich dann in ihr Hotel. Sie fordert ihn auf, mit hinaufzukommen. Im Zimmer ziehen sie die Rouleaus herunter, legen sich hin und lieben sich im Dunkeln.
Während mein Freund sorgfältig, gewissenhaft seine Hose bügelt, stellt er sich vor, was er mit dieser Frau macht – und das erregt ihn. Er weiß genau, wie er sie packen würde. Er liebt es, seinen Penis von hinten einzuführen, die Beine der Frau anzuheben und sie ein klein wenig umzudrehen, damit er sehen kann, wie er sich heraus- und hineinbewegt. Er liebt es, wenn die Frau gleichzeitig die Wurzel seines Penis drückt; ihre Finger üben stärkeren Druck aus als die Öffnung ihres Geschlechts, und das erregt ihn. Außerdem berührt sie seine Hoden, wenn er sich bewegt, und er berührt ihre Klitoris, weil ihr das doppelten Genuß verschafft. Er bringt sie so weit, daß sie keucht, von Kopf bis Fuß zittert und um mehr bettelt.
Während er sich all das vorstellt und dabei halb nackt seine Hose bügelt, bekommt mein Freund eine Erektion. Mehr will er nicht. Er räumt Hose, Bügeleisen und Bügelbrett weg, geht wieder zu Bett, streckt sich lang aus, raucht und denkt über diese Szene nach, bis jede Einzelheit perfekt gestaltet ist und oben an seinem Penis, den er massiert, während er daliegt, raucht und davon träumt, wie er anderen Frauen folgt, ein Tropfen Sperma erscheint.
Ich beneide ihn, weil er allein durch den Gedanken an all das so erregt wird. Er fragt mich aus. Er will wissen, wie meine Frauen gebaut sind, wie sie sich verhalten ...«
Lena lachte. »Es ist heiß«, sagte sie. »Ich werde meine Korsage ausziehen.« Und sie verschwand im Nebenraum. Als sie zurückkam, wirkte ihr Körper frei und entspannt. Sie setzte sich, schlug ihre bloßen Beine übereinander. Ihre Bluse stand halb offen. Einer ihrer Freunde saß so, daß er ihre Brüste sehen konnte.
Ein anderer, ein gutaussehender Mann, stand in meiner Nähe, während ich posierte, und flüsterte Komplimente. »Ich liebe Sie, weil Sie mich an Europa erinnern, vor allem an Paris«, sagte er. »Ich weiß nicht, was Paris an sich hat, aber es liegt dort eine gewisse Sinnlichkeit in der Luft. Die ist ansteckend. Es ist eine so menschliche Stadt. Vielleicht kommt das daher, daß sich überall die Pärchen küssen, auf der Straße, an den Cafétischen, im Kino, in den Parks. Sie umarmen einander ungeniert. Sie bleiben mitten auf dem Trottoir, in den Métro-Eingängen stehen und tauschen lange Küsse. Vielleicht kommt es daher, oder von der weichen Luft. Ich weiß es nicht. Im Dunkeln stehen in jedem Hauseingang abends ein Mann und eine Frau, die fast miteinander verschmelzen. Die Huren sehen dich einen Moment an ... Sie berühren dich.
Eines Tages stand ich auf der Plattform eines Busses und blickte müßig zu

den Häusern empor. Ich sah ein offenes Fenster, hinter dem ein Mann und eine Frau auf einem Bett lagen. Die Frau saß auf dem Mann.
Um fünf Uhr nachmittags wird es unerträglich. Liebe und Begehren liegen in der Luft. Alle Welt ist auf der Straße. Die Cafés sind überfüllt. Im Kino gibt es kleine Logen, die vollkommen dunkel und durch Vorhänge abgeteilt sind, so daß man sich während der Vorstellung auf dem Fußboden lieben kann, ohne gesehen zu werden. Es ist alles so frei, so leicht. Es gibt keine Polizisten. Eine Bekannte von mir, die von einem Mann verfolgt und belästigt wurde, beschwerte sich bei dem Polizisten an der Ecke. Er lachte nur und antwortete: ›Es wird Ihnen eines Tages noch unangenehmer sein, wenn kein Mann Sie mehr belästigen will, oder? Sie sollten dankbar sein, statt sich zu ärgern.‹ Und er weigerte sich, ihr zu helfen.«
Dann fragte mein Bewunderer mit gesenkter Stimme: »Würden Sie heute mit mir essen und anschließend ins Theater gehen?«
Er wurde mein erster richtiger Liebhaber. Reynolds und Stephen hatte ich bald vergessen. Sie kamen mir nun wie Kinder vor.

Die Königin

Der Maler saß neben seinem Modell, mischte Farben und erzählte dabei von den Huren, die Eindruck auf ihn gemacht hatten. Sein Hemd stand offen und zeigte einen kräftigen, glatten Hals mit einem Tuff dunkler Haare; den Gürtel hatte er, um es bequemer zu haben, gelockert, an seiner Hose fehlte ein Knopf, und die Ärmel hatte er der größeren Bewegungsfreiheit wegen aufgekrempelt.
»Mir ist eine Hure deswegen am liebsten«, sagte er, »weil ich das Gefühl habe, sie wird sich nie an mich hängen, sich nie gefühlsmäßig mit mir einlassen. Das bewirkt, daß ich mich frei fühle. Ich brauche sie nicht zu umwerben. Die einzige Frau, die mir jemals einen ebenso großen Genuß verschaffen konnte, war eine Frau, die unfähig war, sich zu verlieben, die sich hingab wie eine Hure, die die Männer, denen sie sich hingab, verabscheute. Diese Frau war ehemals eine Hure gewesen und jetzt kälter als ein Marmorbild. Die Maler hatten sie entdeckt und benutzten sie als Modell. Sie war ein großartiges Modell. Sie war die Quintessenz einer Hure. Irgendwie bringt der ständig dem Verlangen unterworfene kalte Schoß einer Hure ein Phänomen hervor. Die ganze Erotik gelangt an die Oberfläche. Ständig einen Penis in sich zu haben, bewirkt etwas Faszinierendes bei einer Frau. Der Schoß scheint in jedem ihrer Aspekte exponiert, gegenwärtig zu sein.
Irgendwie scheint sogar das Haar einer Hure von Sex durchtränkt. Das Haar dieser Frau ... Es war das sinnlichste Haar, das ich jemals gesehen habe. Die Medusa muß solches Haar gehabt haben und damit die Männer verführt haben, die in ihren Bann gerieten. Es war schwer, voller Leben, und so duftend, als wäre es in Samen gebadet worden. Ich hatte immer das Gefühl, als wäre es um einen Penis gewickelt und mit Sekret getränkt worden. Es war eine Art Haar, wie ich es gern um mein eigenes Geschlecht gewickelt hätte. Warm und nach Moschus duftend, ölig, stark. Das Haar eines Tieres. Es sträubte sich, wenn man es berührte. Schon wenn ich mit den Fingern hindurchfuhr, bekam ich eine Erektion. Ich wäre zufrieden gewesen, hätte ich nur ihr Haar berühren können.
Aber es war nicht ihr Haar allein. Auch ihre Haut war erotisch. Sie lag

stundenlang da und ließ sich von mir streicheln, lag da wie ein Tier, ganz still, träge ... Ihre Haut war so durchsichtig, daß am ganzen Körper türkisblaue Linien sichtbar waren, und ich hatte nicht nur das Gefühl, Seide zu berühren, sondern außerdem lebendige Adern, Adern, die so lebendig waren, daß ich bei der Berührung das Strömen des Blutes unter ihrer Haut zu spüren vermeinte. Ich lag gern an ihr Hinterteil geschmiegt und streichelte sie, um die Kontraktionen ihrer Muskeln zu fühlen, die ihre Reaktion verrieten.

Ihre Haut war trocken wie Wüstensand. Wenn wir im Bett lagen, war es zuerst kühl, dann aber wurde es warm, schließlich fieberheiß. Ihre Augen – es ist unmöglich, ihre Augen zu schildern, es sei denn, indem man sagt, sie waren die Augen eines Orgasmus. Das, was ununterbrochen in ihren Augen geschah, war etwas so Heißes, so Entflammendes, so Intensives, daß ich manchmal, wenn ich sie offen ansah und fühlte, wie sich mein Penis aufrichtete und pulste, daß ich dann das Gefühl hatte, in ihren Augen pulsierte ebenfalls etwas. Sie konnte diese Reaktion ganz auf ihre Augen beschränken, diese so absolut erotische Reaktion, die den Eindruck vermittelte, dort drinnen rollten Wellen der Erregung, Teiche der Raserei ... etwas Allesverschlingendes, das an einem Mann emporzüngeln konnte wie eine Flamme, das ihn vernichten konnte – im Bann eines niemals zuvor ausgekosteten Lustgefühls.

Sie war die Königin der Huren – Bijou. Jawohl, Bijou. Vor wenigen Jahren noch konnte man sie in einem kleinen Café vom Montmartre wie eine orientalische Fatima sitzen sehen, immer noch bleich, die Augen immer noch glühend. Sie war wie ein nach außen gestülpter Schoß. Ihr Mund war kein Mund, bei dem man an einen Kuß dachte, oder an Essen; kein Mund zum Sprechen, zum Wortebilden, zum Begrüßen – nein, er war wie der Mund des weiblichen Geschlechtes selbst, die ganze Form, die Art, wie er sich bewegte – als wolle er verschlingen, erregen – immer feucht, rot und lebendig wie die Lippen eines liebkosten Geschlechts ... Jede Bewegung dieses Mundes besaß die Macht, dieselbe Bewegung, dieselbe Vibration im Glied des Mannes hervorzurufen, als wäre sie ansteckend, direkt und unmittelbar. Während er sich bewegte wie eine Woge, die zu brechen und zu verschlingen droht, bestimmte er die Bewegung des Penis, das Vibrieren des Blutes. Wenn er feucht wurde, löste er meine erotische Sekretion aus.

Irgendwie wurde Bijous Körper nur von der Erotik getrieben, von einer genialen Begabung für den Ausdruck des Verlangens in jeglicher Form. Es war unanständig, sage ich dir! Es war, als nehme man sie in aller Öffentlichkeit, vor aller Augen.

Sie hielt nichts für die Nacht, fürs Bett zurück. Es war alles ganz offen, deutlich erkennbar. Sie war in der Tat die Königin der Huren, besitzer-

greifend in jedem Moment ihres Lebens, sogar beim Essen; und wenn sie Karten spielte, saß sie nicht etwa passiv da, ihr Körper jeglicher Sinnlichkeit beraubt, wie andere Frauen dasitzen würden, wenn ihre Aufmerksamkeit dem Kartenspiel gilt. Sondern man spürte an der Haltung ihres Körpers, an der Art, wie sich ihr Hinterteil in den Sitz schmiegte, daß alles in ihr noch immer auf Besitz aus war. Mit ihren vollen Brüsten berührte sie fast den Tisch. Wenn sie lachte, war es das sexuelle Lachen einer befriedigten Frau, das Lachen eines Körpers, der sich mit jeder Pore, mit jeder Zelle der Lust hingab, von der ganzen Welt geliebkost zu werden.
Manchmal, wenn ich auf der Straße hinter ihr ging und sie nicht wußte, daß ich da war, sah ich, daß sogar kleine Jungen ihr folgten. Männer folgten ihr, bevor sie auch nur ihr Gesicht gesehen hatten. Es war, als lasse sie eine animalische Witterung hinter sich. Seltsam, die Wirkung, wenn ein Mann ein wahrhaft sexuelles Tier vor sich hat! Die animalische Natur der Frau wird immer so sorgfältig kaschiert; Lippen, Hinterteil und Beine werden so zurechtgemacht, daß sie ganz anderen Zwecken dienen, werden, wie ein leuchtend buntes Federkleid, dazu benutzt, den Mann von seiner Begierde abzulenken, statt sie herauszufordern.
Jene Frauen, die unverhohlen sexuell sind, denen der Schoß deutlich im Gesicht geschrieben steht, die im Mann den Wunsch erwecken, ihnen sofort den Penis entgegenzurecken; jene Frauen, für die Kleider lediglich dazu dienen, bestimmte Körperteile herauszustreichen – wie etwa die Frauen, die einen Cul de Paris trugen, um ihr Hinterteil zu betonen, und die Frauen, die Korsetts trugen, von denen ihr Busen aus den Kleidern herausgedrückt wurde –, jene Frauen, die uns ihren Sex ins Gesicht schreien, mit ihrem Haar, ihren Augen, ihrer Nase, ihrem Mund, ihrem ganzen Körper – das sind Frauen, wie ich sie liebe.
Die anderen ... Wie muß man nach dem Animalischen in ihnen suchen! Sie haben es verwässert, kaschiert, parfümiert, damit es nach etwas anderem riecht – wonach? Nach Engeln?
Ich will dir erzählen, was mir einmal mit Bijou passiert ist. Bijou war von Natur aus treulos. Sie bat mich, sie für ein Künstlerfest zu bemalen. Es war in einem Jahr, in dem die Maler und Modelle als afrikanische Wilde kostümiert kommen sollten. Bijou bat mich, sie künstlerisch zu bemalen, und kam deshalb schon zwei Stunden vor dem Fest zu mir ins Atelier.
Ich begann ihren Körper mit afrikanischen Mustern meiner eigenen Phantasie zu dekorieren. Bijou stand splitternackt vor mir, und ich begann zunächst stehend ihre Schultern und Brüste zu bemalen, um mich anschließend zu bücken und Bauch und Rücken zu bemalen, und schließlich hinzuknieen, um den unteren Teil ihres Körpers und ihre Beine zu bemalen ... Ich bemalte sie liebevoll, hingebungsvoll, als vollzöge ich einen Akt der Anbetung.

Ihr Rücken war breit, kräftig wie der Rücken eines Zirkuspferdes. Ich hätte sie besteigen können, ohne daß sie unter der Last zusammengebrochen wäre. Ich hätte mich auf diesen Rücken setzen, hinabgleiten und es ihr, wie eine Peitsche, von hinten besorgen können. Ich hätte es liebend gern getan. Noch lieber vielleicht hätte ich ihre Brüste geknetet, bis die ganze Farbe ab war, sie so saubergestreichelt, daß ich sie hätte küssen können ... Aber ich hielt mich zurück und verwandelte sie malend in eine Wilde.
Wenn sie sich bewegte, bewegten sich jetzt die leuchtend bunten Muster mit ihr wie eine öligschwere See mit Unterströmungen. Unter der Berührung des Pinsels waren ihre Brustwarzen hart wie Beeren geworden. Jede Rundung verursachte mir Vergnügen. Ich öffnete meine Hose. Ich ließ meinen Penis frei. Sie gönnte mir keinen Blick. Sie stand da, ohne sich zu rühren. Als ich die Hüften und anschließend das Tal bemalte, das zum Schamhaar hinabführte, merkte sie, daß ich nicht in der Lage war, das Werk zu vollenden. ›Wenn du mich berührst, wirst du alles verwischen‹, sagte sie. ›Du darfst mich auf keinen Fall berühren. Aber wenn alles trocken ist, bist du der erste. Ich werde beim Fest auf dich warten. Aber nicht jetzt.‹ Dabei lächelte sie mich an.
Ihr Geschlecht blieb natürlich unbemalt. Bis auf die Andeutung eines Feigenblattes ging Bijou vollkommen nackt. Ich durfte ihr unbemaltes Geschlecht küssen – vorsichtig, sonst hätte ich Jadegrün und Chinesischrot geschluckt. Dabei war Bijou so stolz auf ihr afrikanisches Tätowiermuster! Sie sah jetzt aus wie die Königin der Wüste. Ihre Augen besaßen einen harten, gelackten Glanz. Sie schüttelte ihre Ohrringe, lachte, bedeckte sich mit einem Cape und ging. Ich war in einem solchen Zustand, daß es Stunden dauerte, bis ich mich für das Fest zurechtgemacht hatte – mit einer Schicht brauner Farbe.
Wie ich schon sagte, war Bijou treulos. Sie wartete nicht einmal, bis die Farbe getrocknet war. Als ich kam, sah ich, daß mehr als ein Mann sich der Gefahr, sich mit Bijous Muster zu beschmieren, ausgesetzt hatte. Die Tätowierungen waren völlig verschmiert. Das Fest war auf dem Höhepunkt. Die Logen waren mit eng umschlungenen Pärchen besetzt. Es war ein kollektiver Orgasmus. Und Bijou hatte nicht auf mich gewartet. Wenn sie umherging, hinterließ sie eine winzige Spur von Sperma, der ich mühelos überall hin hätte folgen können.«

Safran

Fay war in New Orleans geboren. Als sie sechzehn Jahre alt war, machte ihr ein vierzigjähriger Mann den Hof, der ihr wegen seines Adels und seiner vornehmen Würde schon immer gut gefallen hatte. Fay war arm. Alberts Besuche waren große Ereignisse für ihre Familie. Für ihn wurde ihre Armut jedesmal hastig kaschiert. Er kam wie ein Befreier, erzählte von einem Leben, das Fay nie kennengelernt hatte, von einem Leben am anderen Ende der Stadt.

Als sie verheiratet waren, wurde Fay in seinem Haus, das tief versteckt in einem riesigen Park lag, wie eine Prinzessin behandelt. Hübsche farbige Frauen bedienten sie. Albert behandelte sie mit äußerstem Zartgefühl.

In der ersten Nacht nahm er sie nicht. Er behauptete, es sei ein Beweis seiner Liebe, daß er sich seiner Frau nicht aufdränge, sondern sie langsam und mit Bedacht zu gewinnen suche, bis sie bereit und willens sei, sich in Besitz nehmen zu lassen.

Er kam in ihr Zimmer, liebkoste sie aber nur. Unter dem weißen Moskitonetz lagen sie wie unter einem Brautschleier, lagen in der heißen Nacht und streichelten und küßten einander. Fay fühlte sich träge und wie betäubt. Mit jedem Kuß weckte er eine neue Frau, löste er eine neue Empfindung aus. Später, als er sie verließ, warf sie sich unruhig hin und her und konnte nicht schlafen. Es war, als hätte er winzige Brände unter ihrer Haut entzündet, winzige Ströme, die sie nicht schlafen ließen.

Mehrere Nächte hindurch litt sie diese heftigen Qualen. Da sie unerfahren war, versuchte sie nicht, zu einer richtigen Umarmung zu kommen. Sie überließ sich seinen zahllosen Küssen auf ihr Haar, ihren Hals, ihre Schultern und Arme, auf ihren Rücken und auf ihre Beine... Albert genoß es, sie zu küssen, bis sie stöhnte, als wäre er dann erst sicher, einen bestimmten Teil ihres Körpers geweckt zu haben. Anschließend wanderten seine Lippen weiter.

Er entdeckte die bebende Empfindsamkeit unter ihrem Arm, am Ansatz der Brüste, die Vibrationen, die die Brustwarzen mit dem Geschlecht, die feuchte Öffnung mit den Lippen verbanden, alle geheimnisvollen Koppelungen, durch die andere Stellen als die geküßten erregt und gereizt

wurden, Strömungen, die von den Haarwurzeln bis zu den Wurzeln der Wirbelsäule verliefen. Jede Stelle, die er küßte, feierte er mit bewundernden Worten, pries die Grübchen am unteren Ende des Rückens, die festen Gesäßbacken, die Biegung ihres Rückens, durch die ihr Gesäß hinausgedrückt wurde – »wie bei einer Farbigen«, erklärte er ihr.
Er umspannte ihre Knöchel mit den Fingern, bewunderte ihre Füße, die ebenso perfekt geformt waren wie ihre Hände, streichelte immer wieder die glatten, statuesken Linien ihres Halses, wühlte in ihrem langen, schweren Haar.
Ihre Augen waren lang und schmal wie die einer Japanerin, ihr voller Mund stand immer ein wenig offen. Ihre Brust wogte, als er sie küßte und die schräg abfallende Linie ihrer Schultern mit den Zähnen zeichnete. Und als sie dann stöhnte, verließ er sie, schloß sorgfältig das weiße Netz um sie, verhüllte sie wie einen Schatz, ließ sie allein, während ihr zwischen den Schenkeln die Nässe aufstieg.

Eines Nachts konnte sie, wie gewöhnlich, nicht schlafen. Nackt richtete sie sich in ihrem Wolkenbett auf. Als sie sich erhob, um nach Kimono und Pantöffelchen zu greifen, löste sich ein winziger Tropfen Honig von ihrem Geschlecht, rollte an ihrem Bein herab, befleckte den weißen Teppich. Fay war verblüfft über Alberts Selbstbeherrschung, über seine Zurückhaltung. Wie konnte er nach diesen Küssen und Liebkosungen seine Begierde unterdrücken und schlafen? Er hatte sich nicht einmal ganz ausgezogen. Seinen Körper hatte sie noch nie gesehen.
Sie beschloß, das Zimmer zu verlassen und umherzuwandern, bis sie sich wieder beruhigt hatte. Ihr ganzer Körper pulsierte. Langsam schritt sie die breite Treppe hinab und in den Garten. Der Blumenduft war betäubend. Träge senkten sich die Zweige über sie, und die moosbewachsenen Pfade machten ihren Schritt vollkommen lautlos. Sie hatte das Gefühl, zu träumen. Lange wanderte sie ziellos umher. Dann schrak sie zusammen, weil sie ein Geräusch hörte. Es war ein Stöhnen, ein rhythmisches Stöhnen wie das Klagen einer Frau. Das Mondlicht, das zwischen den Zweigen hindurchfiel, zeigte ihr eine farbige Frau, die nackt auf dem Moos lag; und Albert lag auf ihr. Ihr Stöhnen war ein Stöhnen der Lust. Albert kauerte über ihr wie ein wildes Tier und stieß in sie hinein. Auch er keuchte unartikulierte Laute; und Fay sah, wie sie sich vor ihren Augen in ungezügelter Lust wanden.
Keiner von beiden bemerkte Fay. Sie schrie nicht auf. Zunächst war sie vom Schmerz gelähmt. Dann eilte sie ins Haus zurück, erfüllt vom demütigenden Bewußtsein ihrer Jugend, ihrer Unerfahrenheit; Selbstzweifel quälten sie. War es ihre Schuld? Wo lag ihr Fehler? Was hatte sie Albert zu geben versäumt, obwohl er es brauchte? Warum hatte er sie

verlassen und zu einer Farbigen gehen müssen? Die wilde Szene quälte sie. Sie machte sich Vorwürfe, daß sie dem Zauber seiner Liebkosungen verfallen war und möglicherweise nicht so reagiert hatte, wie er es wollte. Sie fühlte sich durch die eigene Feminität verdammt.

Albert hätte sie alles lehren können. Er hatte gesagt, er wolle sie langsam gewinnen, er werde warten. Er hätte nur ein paar Worte zu flüstern brauchen. Sie war bereit, ihm zu gehorchen. Sie wußte, daß er älter und daß sie noch unschuldig war. Sie hatte erwartet, daß er sie alles lehrte.

In dieser Nacht wurde Fay zur Frau, hielt ihren Schmerz geheim, suchte ihr Glück mit Albert zu bewahren, Klugheit und Subtilität zu beweisen. Als er an ihrer Seite lag, flüsterte sie ihm zu: »Ich wünschte, du würdest deine Kleider ablegen.«

Er schien verblüfft, war aber einverstanden. Und sie sah neben sich einen jugendlich-schlanken Körper mit dem schneeweiß schimmerndem Haar, eine seltsame Mischung aus Jugend und Alter. Er begann sie zu küssen. Dabei schob sich ihre Hand schüchtern auf seinen Körper zu. Anfangs war sie noch etwas ängstlich. Sie berührte seine Brust. Dann seine Hüften. Er fuhr fort, sie zu küssen. Ihre Hand tastete langsam nach seinem Penis. Er wich ein wenig zurück. Das Glied war schlaff. Er wich weiter zurück und begann sie zwischen den Beinen zu küssen. Immer wieder flüsterte er denselben Satz: »Du hast den Körper eines Engels. Es ist unmöglich, daß ein solcher Körper geschlechtlichen Verkehr hat. Du hast den Körper eines Engels.«

Da schlug der Zorn über Fay zusammen wie ein Fieber, der Zorn darüber, daß er seinen Penis ihrer Hand entzogen hatte. Sie richtete sich auf, daß ihr das Haar wirr auf die Schulter fiel, und sagte: »Ich bin aber kein Engel, Albert. Ich bin eine Frau. Ich will, daß du mich liebst wie eine Frau.«

Dann kam die traurigste Nacht, die Fay je erlebt hatte, denn Albert versuchte sie zu nehmen und konnte es nicht. Er führte ihr die Hände, damit sie ihn streichelte. Sein Penis wurde hart, er suchte ihn zwischen ihre Brüste zu bringen, und dann erschlaffte er in ihren Händen.

Er war verkrampft, still. Sie sah die Qual in seinem Gesicht. Er versuchte es immer wieder. »Warte nur noch ein bißchen«, sagte er. »Bitte, warte noch ein bißchen.« Er sagte es demütig, sanft. Fay lag da, wie es ihr schien, die ganze Nacht hindurch, feucht, voller Begierde, erwartungsvoll, und die ganze Nacht lang wiederholte er seine vergeblichen Versuche, versagte, zog sich zurück, küßte sie wie zur Versöhnung. Da begann Fay zu weinen.

Diese Szene wiederholte sich zwei oder drei Nächte hindurch; dann kam Albert nicht mehr zu ihr ins Zimmer.

Und beinahe jeden Tag sah Fay Schatten im Garten. Schatten, die sich umarmten. Sie wagte das Zimmer nicht zu verlassen. Das ganze Haus war

mit Teppichen ausgelegt und lautlos, und als sie einmal die Treppe emporstieg, sah sie, wie Albert hinter einem der farbigen Mädchen hinaufging und ihr die Hand unter den weiten Rock schob.
Fay war wie besessen von den stöhnenden Lauten. Ihr schien, als verstummten sie niemals. Einmal begab sie sich zu den Zimmern der farbigen Mädchen, die in einem gesonderten kleinen Haus untergebracht waren, und lauschte. Sie hörte das gleiche Stöhnen wie damals im Park. Sie brach in Tränen aus. Eine Tür wurde geöffnet. Aber es war nicht Albert, der herauskam, sondern einer der farbigen Gärtner. Er fand die weinende Fay.

Schließlich nahm Albert sie unter außergewöhnlichen Umständen doch noch. Sie wollten eine Gesellschaft für spanische Freunde geben. Obwohl Fay sonst selten einkaufte, fuhr sie in die Stadt, um einen bestimmten Safran für den Reis zu besorgen, eine ungewöhnliche Sorte, die soeben erst mit einem Schiff aus Spanien eingetroffen war. Es machte ihr Freude, den frisch ausgeladenen Safran zu kaufen. Sie hatte Gerüche schon immer geliebt, die vielen Gerüche des Hafens, der Lagerhäuser. Als man ihr die Safranpäckchen reichte, steckte sie sie in ihre Handtasche, die sie, unter den Arm geklemmt, unmittelbar an ihrer Brust trug. Der Geruch war kräftig; er durchdrang ihre Kleider, ihre Hände, ihren Körper.
Als sie heimkam, wartete Albert bereits auf sie. Er kam zum Wagen und half ihr verspielt, lachend heraus. Dabei fiel sie mit ihrem vollen Gewicht gegen ihn, und er rief aus: »Aber du riechst ja nach Safran!«
Als er sein Gesicht an ihre Brust drückte und tief einatmete, entdeckte sie ein merkwürdiges Funkeln in seinen Augen. Dann küßte er sie. Er folgte ihr ins Schlafzimmer, wo sie die Handtasche aufs Bett warf. Die Handtasche öffnete sich. Der Duft von Safran erfüllte das Zimmer. Albert warf sie voll angekleidet aufs Bett und nahm sie ohne Küsse oder Liebkosungen.
Hinterher sagte er glücklich zu ihr: »Du riechst wie eine Farbige!« Der Bann war gebrochen.

Mandra

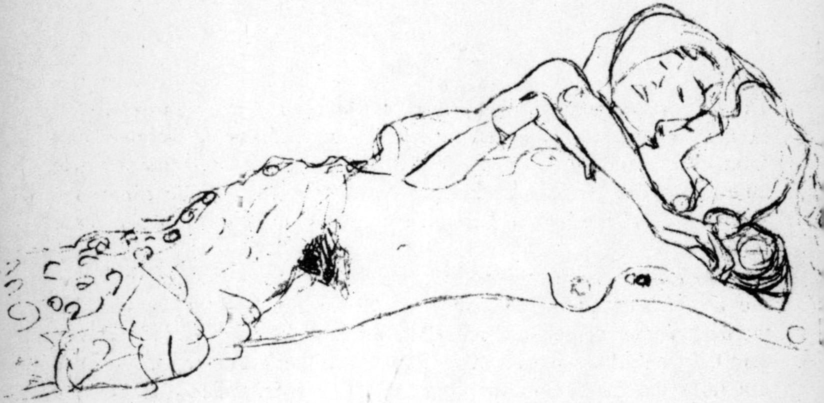

Die hell erleuchteten Wolkenkratzer strahlen wie Christbäume. Reiche Freunde haben mich eingeladen, mit ihnen im Plaza zu wohnen. Der Luxus lullt mich ein, aber ich liege in einem weichen Bett und bin, wie eine Blume im Treibhaus, krank vor *ennui.* Meine Füße ruhen auf weichen Teppichen. New York macht mich fiebrig – die große Stadt Babylon.

Ich sehe Lillian. Ich liebe sie nicht mehr. Es gibt jene, die tanzen, und jene, die sich verkrampfen. Ich mag jene, die dahinfließen und tanzen. Ich werde Mary wiedersehen. Vielleicht werde ich diesmal nicht schüchtern sein. Ich weiß noch, wie sie eines Tages nach Saint-Tropez kam und wir uns in einem Café kennenlernten. Sie lud mich ein, abends zu ihr aufs Zimmer zu kommen.

Marcel, mein Liebhaber, mußte an jenem Abend heimfahren; er wohnte ziemlich weit entfernt. Ich war frei. Ich verließ ihn um elf und ging zu Mary. Ich trug mein mit Rüschen besetztes spanisches Kretonnekleid und eine Blume im Haar; ich war von der Sonne gebräunt und fühlte mich schön.

Als ich kam, lag Mary auf dem Bett und hatte Coldcream auf Gesicht, Beinen und Schultern, weil sie sich am Strand gesonnt hatte. Sie massierte sich die Crème in den Hals, in den Ausschnitt – überall war sie mit Crème bedeckt.

Das enttäuschte mich sehr. Ich saß am Fußende ihres Bettes, und wir plauderten. Mein Wunsch, sie zu küssen, verflog. Sie war ihrem Mann davongelaufen. Sie hatte ihn nur geheiratet, um gesichert zu sein. Sie hatte nie viel für Männer übrig gehabt, nur für Frauen. Zu Beginn ihrer Ehe hatte sie ihm alle möglichen Geschichten über sich selbst erzählt, die sie ihm nicht hätte erzählen sollen – daß sie Tänzerin am Broadway gewesen sei und mit Männern geschlafen habe, wenn sie kein Geld hatte; daß sie sogar in ein Freudenhaus gegangen sei und dort Geld verdient habe; daß sie einen Mann kennengelernt habe, der sich in sie verliebt und sie ein paar Jahre lang ausgehalten habe. Von diesen Erzählungen hatte sich ihr Mann nie richtig erholt. Sie weck-

ten Eifersucht und Mißtrauen in ihm, so daß ihr Zusammenleben unerträglich wurde.
Am Tag, nachdem wir uns kennenlernten, verließ sie Saint-Tropez, und ich bedauerte es zutiefst, daß ich sie nicht geküßt hatte. Jetzt sollte ich sie wiedersehen.
In New York entfalte ich die Schwingen meiner Eitelkeit und Koketterie. Mary ist so bezaubernd wie immer und scheint stark berührt von mir zu sein. Sie besteht ganz aus Rundungen, Weichheit. Ihre Augen sind groß und feucht; ihre Wangen glühen. Ihr Mund ist üppig; ihre Haare sind blond, schwer. Sie selbst ist träge, passiv, lethargisch. Wir gehen miteinander ins Kino. Im Dunkeln ergreift sie meine Hand.
Sie läßt sich analysieren und hat gerade entdeckt, was ich schon lange geahnt habe: daß sie mit ihren vierunddreißig Jahren, nach einem Sexualleben, für das man einen Buchhalter benötigen würde, noch niemals einen Orgasmus gehabt hat. Ich entdecke ihre Prätentionen. Immer lächelt sie, ist fröhlich, darunter jedoch fühlt sie sich irreal, fremd, losgelöst vom wirklichen Leben. Sie verhält sich, als liege sie in tiefem Schlaf. Sie versucht aufzuwachen, indem sie mit jedem, der Lust hat, ins Bett geht.
»Es ist sehr schwer, über den Sex zu sprechen«, sagt Mary. »Ich schäme mich so.« Sie schämt sich jedoch keineswegs, alles mögliche zu *tun*, nur sprechen will sie nicht darüber. Mit mir allein kann sie darüber sprechen. Stundenlang sitzen wir in parfümierten Lokalen, wo es Musik gibt. Sie mag die Lokale, in denen Schauspieler verkehren.
Zwischen uns besteht ein rein körperlicher Strom gegenseitiger Anziehungskraft. Wir sind stets dicht davor, miteinander ins Bett zu gehen. Aber sie ist abends nie frei. Sie will nicht, daß ich ihren Mann kennenlerne. Ich könnte ihn verführen.
Sie fasziniert mich, weil sie Sinnlichkeit ausstrahlt. Mit acht Jahren hatte sie schon eine lesbische Liebesbeziehung zu einer älteren Cousine.
Wir lieben beide Putzwerk, Parfüm und Luxus. Sie ist so träge, so schlaff – wirklich ganz und gar passiv. Nie habe ich eine nachgiebigere Frau gesehen. Wie sie sagt, wartet sie ständig auf den Mann, der sie weckt. Sie muß in einer sexuellen Atmosphäre leben, obwohl sie überhaupt nichts empfindet. Es ist ihr Klima. Ihr Lieblingssatz lautet: »Damals habe ich überall herumgeschlafen.«
Wenn wir von Paris und unseren Bekannten dort sprechen, sagt sie immer: »Den kenne ich nicht. Mit dem habe ich nicht geschlafen.« Oder: »O ja, der war wunderbar im Bett.«
Ich habe nie gehört, daß sie einmal nein gesagt hätte – und das bei dieser Frigidität! Sie täuscht jeden, sich selbst nicht minder. Sie wirkt so feucht und offen, daß die Männer glauben, sie sei ständig kurz vor dem

Orgasmus. Aber dem ist nicht so. Die Schauspielerin in ihr wirkt fröhlich, gelassen, doch innerlich ist sie zerrissen. Sie trinkt und kann nur schlafen, wenn sie etwas einnimmt. Wenn sie zu mir kommt, ißt sie stets Süßigkeiten – wie ein Schulkind. Sie sieht aus wie zwanzig. Ihr Mantel steht offen, den Hut hat sie in der Hand. Ihr Haar hängt lose herab.
Eines Tages wirft sie sich auf mein Bett und streift die Schuhe ab. Sie betrachtet ihre Beine. »Sie sind zu dick«, stellt sie fest. »Sie sehen aus wie Renoir-Beine, hat mir einmal jemand in Paris gesagt.«
»Aber mir gefallen sie«, entgegne ich. »Mir gefallen sie sogar sehr.«
»Gefallen dir meine neuen Strümpfe?« Sie hebt den Rock und zeigt sie mir.
Sie bittet mich um einen Whisky. Dann will sie ein Bad nehmen. Sie leiht sich meinen Kimono. Ich weiß, daß sie mich verführen will. Als sie, noch naß, aus dem Badezimmer kommt, läßt sie den Kimono offenstehen. Die Beine hält sie immer ein wenig gespreizt. Sie sieht so unverkennbar aus, als bekäme sie gleich einen Orgasmus, daß man unwillkürlich meint, eine einzige kleine Liebkosung müsse sie wild machen. Als sie sich auf meine Bettkante setzt, um ihre Strümpfe anzuziehen, kann ich mich nicht länger beherrschen. Ich knie mich vor sie hin und lege meine Hand auf das Haar zwischen ihren Beinen. Ich streichle es sanft, ganz sanft, und sage: »Der kleine Silberfuchs, der kleine Silberfuchs! So weich und schön! Ach Mary, ich kann's einfach nicht glauben, daß du da drinnen so gar nichts fühlst!«
So, wie ihr Fleisch aussieht, offen wie eine Blume, so, wie sie die Beine spreizt, scheint sie kurz davor, doch etwas zu fühlen. Ihr Mund ist so naß, so einladend, daß die Lippen ihres Geschlechts auch so aussehen müssen. Sie spreizt die Beine und läßt mich es betrachten. Ich berühre es ganz sanft und teile die Lippen, um zu sehen, ob sie feucht sind. Sie spürt es, als ich ihre Klitoris berühre, aber ich möchte, daß sie einen stärkeren Orgasmus bekommt.
Ich küsse ihre Klitoris, noch naß vom Bad; ihr Schamhaar, noch feucht wie Seegras. Ach Mary! Meine Finger spielen schneller, sie sinkt aufs Bett zurück, bietet mir ihr ganzes Geschlecht, offen und feucht wie eine Kamehe, wie Rosenblätter, wie Samt und Seide. Es ist rosig und neu, als wäre es noch nie berührt worden. Es gleicht dem Geschlecht eines ganz jungen Mädchens.
Ihre Beine hängen über die Bettkante. Ihr Geschlecht ist offen; ich kann hineinbeißen, es küssen, meine Zunge hineinschieben. Sie regt sich nicht. Die kleine Klitoris richtet sich auf wie eine Brustwarze. Mein Kopf ist zwischen ihren Beinen in der köstlichen Schraubzwinge aus seidigem, salzigen Fleisch gefangen.
Meine Hände wandern hinauf zu ihren schweren Brüsten und liebkosen

sie. Sie beginnt ein wenig zu stöhnen. Jetzt wandern ihre Hände hinab und helfen den meinen, ihr eigenes Geschlecht zu liebkosen. Sie läßt sich gern am Eingang ihrer Vagina, unterhalb der Klitoris, berühren. Sie berührt die Stelle gemeinsam mit mir. Dort würde ich gern einen Penis hineinstoßen und ihn bewegen, bis sie vor Wonne schreit. Ich schiebe meine Zunge so tief in die Öffnung hinein, wie es nur geht. Ich umfasse ihr Hinterteil wie eine große Frucht mit beiden Händen und drücke es hoch, und während meine Zunge im Mund ihres Geschlechts spielt, pressen sich meine Finger ins Fleisch ihres Hinterteils, wandern über die feste Rundung bis an den Einschnitt, mein Zeigefinger ertastet den kleinen Mund ihres Anus und schiebt sich behutsam hinein.
Plötzlich zuckt Mary zusammen, als hätte ich einen Zündfunken geschlagen. Sie umklammert meinen Finger. Ich drücke ihn tiefer hinein und spiele gleichzeitig mit meiner Zunge in ihrem Geschlecht. Sie beginnt zu stöhnen, sich zu winden.
Wenn sie sich hinabsinken läßt, fühlt sie meinen spielenden Finger, wenn sie sich emporbiegt, fühlt sie meine spielende Zunge. Mit jeder Bewegung fühlt sie meinen schneller werdenden Rhythmus, bis sie in einen langen Krampf fällt und zu klagen beginnt wie eine Taube. Mit dem Finger fühle ich die Zuckungen der Lust, einmal, zweimal, dreimal, ekstatisch.
Keuchend sinkt sie in sich zusammen. »Ach Mandra, was hast du mit mir gemacht! Was hast du mit mir gemacht!« Sie küßt mich, trinkt die salzige Nässe von meinem Mund. Ihre Brüste fallen gegen mich, als sie mich umfaßt und noch einmal sagt: »Was hast du mit mir gemacht ...«

Eines Abends bin ich in die Wohnung eines jungen Ehepaares der guten Gesellschaft, der H.s, eingeladen. Es ist, als wäre man auf einem Schiff, denn die Wohnung liegt am East River, und während wir uns unterhalten, fahren Lastkähne vorbei, der Fluß lebt. Miriam anzusehen, ist eine Freude; sie ist eine Brünhilde, vollbusig, mit glänzendem Haar und einer Stimme, die die Menschen anzieht. Paul, ihr Mann, ist klein und gehört zur Familie der Kobolde, kein Mann, sondern ein Faun – ein lyrisches Tier, flink und humorvoll. Er findet mich schön. Er behandelt mich wie ein *objet d'art*. Der schwarze Butler öffnet die Tür. Paul bricht in Begeisterungsschreie aus, über mich, meine Goya-Kapuze, die rote Blume in meinem Haar, und geleitet mich schnell in den Salon, um mich voll Stolz vorzuführen. Miriam sitzt mit gekreuzten Beinen auf einem purpurnen Seidendiwan. Sie ist eine natürliche Schönheit, während ich, die künstliche, immer die richtige Szenerie und Wärme brauche, um mich zu entfalten.
Die Wohnung ist voller Möbel, die ich einmalig häßlich finde: Silberkandelaber, Tische mit Halterungen für Hängepflanzen, überdimensionale

maulbeerfarbene Seidenpuffs, Rokokoobjekte, Gegenstände voller Chic, gesammelt mit verspieltem Snobismus, als wollten sie sagen: »Wir können uns über alles, was die Mode diktiert, lustig machen; wir stehen darüber.«

Alles hat einen Hauch aristokratischer Überheblichkeit, in dem ich das sagenhafte Leben der H.s. in Rom und Florenz erahne; Miriams häufiges Erscheinen in *Vogue*, gekleidet in Chanel-Kreationen; den Pomp ihrer Familien; ihre Bemühungen, auf elegante Art Bohème zu spielen; und ihre Vernarrtheit in das Wort, das der Schlüssel zur guten Gesellschaft ist: Alles muß »amüsant« sein.

Miriam ruft mich in ihr Schlafzimmer, um mir einen neuen Badeanzug zu zeigen, den sie in Paris gekauft hat. Dafür kleidet sie sich vollständig aus und greift dann zu einem langen Stück Stoff, in das sie sich einwickelt wie die Balinesen in ihre Sarongs.

Ihre Schönheit steigt mir zu Kopf. Sie wickelt sich wieder aus, schreitet nackt im Zimmer umher und sagt dann: »Ich wünschte, ich sähe aus wie du. Du bist so zart und zierlich. Ich bin so groß.«

»Aber deswegen mag ich dich ja gerade, Miriam.«

»Oh, was für ein Parfüm, Mandra!«

Sie gräbt ihr Gesicht in meine Schulter, dicht unter dem Haar und schnuppert an meiner Haut.

Ich lege ihr die Hand auf die Schulter.

»Du bist die schönste Frau, die ich kenne, Miriam.«

Paul ruft zu uns herüber: »Wann hört ihr beiden endlich auf, über Kleider zu reden? Ich langweile mich.«

Miriam antwortet: »Wir kommen sofort.« Und zieht rasch eine lange Hose an. Als sie hinübergeht, sagt Paul: »Und jetzt hast du dich für einen Abend zu Hause angezogen, wo ich mit euch doch zum *String Man* gehen wollte. Er singt ganz fabelhafte Songs über einen Strick und hängt sich schließlich damit auf.«

»Na schön, dann ziehe ich mich an«, sagte Miriam. Und geht ins Bad.

Ich bleibe bei Paul, doch gleich darauf ruft Miriam: »Mandra, komm her und unterhalte dich ein bißchen mit mir.«

Ich denke, inzwischen ist sie bestimmt halb angekleidet, aber nein, sie steht nackt im Badezimmer, pudert sich und richtet ihr Gesicht her. Sie ist so üppig wie eine Tingeltangelkönigin. Als sie da steht, auf den Zehenspitzen, und sich dem Spiegel zuneigt, um sich die Wimpern besser tuschen zu können, berührt mich wieder der Anblick ihres Körpers. Ich trete hinter sie und sehe ihr zu.

Ich fühle mich ein bißchen gehemmt. Sie ist nicht so verführerisch wie Mary. Sie ist geschlechtslos wie die Frauen am Strand oder im türkischen Bad, die sich bei ihrer Nacktheit nichts denken. Ich wage einen leichten

Kuß auf ihre Schulter. Sie lächelt mir zu. »Ich wünschte, Paul wäre nicht immer so reizbar«, sagt sie. »Ich hätte es so gern gesehen, wie du meinen Badeanzug anprobierst.« Sie erwidert meinen Kuß – auf den Mund, aber behutsam, um ihren Lippenstift nicht zu verschmieren. Ich weiß nicht, was ich machen soll. Ich möchte sie umarmen.
Paul kommt herein, ohne anzuklopfen, und sagt: »Miriam, wie kannst du so herumlaufen! Entschuldige, Mandra. Das ist eine schlechte Angewohnheit von ihr. Sie ist ganz besessen von dem Bedürfnis, ohne Kleider herumzulaufen. Zieh dich an, Miriam!«
Miriam geht in ihr Zimmer, wirft ein Kleid über, ohne Unterwäsche, legt sich ein Fuchscape um und sagt: »Fertig.«
Im Auto legt sie ihre Hand auf die meine. Dann zieht sie meine Hand unter ihren Pelz, in eine Tasche ihres Kleides. Ich spüre, daß ich ihr Geschlecht berühre. Wir sitzen im Dunkeln.
Miriam sagt, sie möchte vorher durch den Park fahren. Sie brauche frische Luft. Paul möchte lieber direkt zum Nightclub fahren, aber er gibt nach, und wir fahren durch den Park, ich mit der Hand auf Miriams Geschlecht, das ich liebkose, während ich fühle, wie meine eigene Erregung so sehr wächst, daß ich kaum sprechen kann.
Miriam plaudert ununterbrochen, geistreich. Ich denke mir: »Gleich wirst auch du nicht mehr reden können.« Aber sie kann es doch, die ganze Zeit, während ich sie unter der Seide und dem Pelz im Dunkeln liebkose. Ich fühle, wie sie sich meiner Berührung entgegenbiegt, die Beine ein wenig geöffnet, damit meine ganze Hand dazwischen paßt. Dann wird sie unter meinen Fingern starr, streckt sich, und ich weiß, sie hat ihren Genuß. Es ist ansteckend. Ich bekomme einen Orgasmus, ohne daß mich jemand berührt.
Ich bin so naß, daß ich fürchte, man könnte es durchs Kleid sehen. Durch Miriams Kleid muß man es auch sehen können. Als wir in den Nightclub gehen, behalten wir beide den Mantel an.
Miriams Augen sind strahlend, tief. Paul läßt uns für eine Weile allein, und wir verschwinden in der Damentoilette. Diesmal küßt mich Miriam voll auf den Mund. Wir machen uns zurecht und kehren an den Tisch zurück.

Hilda und Rango

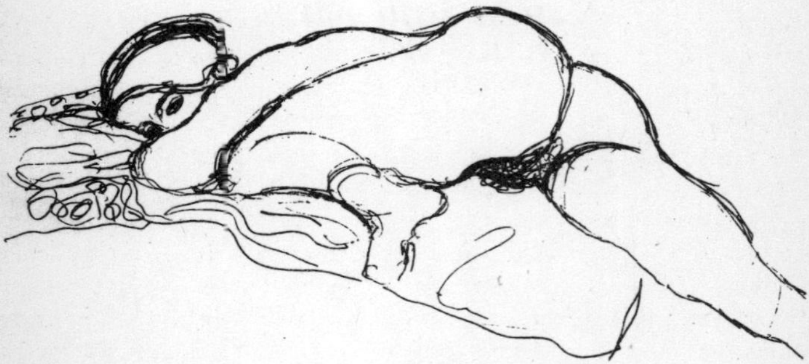

Hilda war ein schönes Pariser Malermodell, das sich unsterblich in einen amerikanischen Schriftsteller verliebte, dessen Werke so leidenschaftlich und sinnlich waren, daß sich die Frauen sofort zu ihm hingezogen fühlten. Sie schrieben ihm Briefe oder versuchten, über Freunde seine Bekanntschaft zu machen. Jene, denen es gelang, ihn kennenzulernen, waren erstaunt über seine Sanftmut.
Hilda war es genauso ergangen. Als sie merkte, daß er teilnahmslos blieb, begann sie ihn zu umwerben. Erst nachdem sie die Initiative ergriffen, ihn liebkost und seine Hose geöffnet hatte, erwachte er und begann sie zu lieben, wie sie es erwartet hatte. Doch jedesmal mußte sie wieder von vorn anfangen. Zuerst mußte sie ihn irgendwie reizen – ein loses Strumpfband befestigen, von einem Erlebnis in der Vergangenheit erzählen oder über seine Erlebnisse plaudern, sich auf die Couch legen, den Kopf zurückwerfen und, sich streckend wie eine große Katze, die Brüste emporrecken. Dann setzte sie sich auf seinen Schoß, bot ihm ihren Mund, öffnete seine Hose und brachte ihn in Erregung.
Sie lebten mehrere Jahre lang in tiefer Zuneigung zusammen. Sie gewöhnte sich an seinen Sexualrhythmus. Er lag jeweils wartend da und genoß. Sie lernte, aktiv, zupackend zu sein, litt aber darunter, weil sie im Grunde äußerst feminin war. Tief innen war sie überzeugt, daß eine Frau ihren Trieb mühelos unterdrücken könne, ein Mann aber nicht, ja, daß es ihm sogar schade, wenn er es versuche. Sie war der Ansicht, eine Frau sei dazu bestimmt, auf das Verlangen des Mannes zu reagieren. Sie hatte es gern, wenn sie umworben wurde, wenn der Mann die Initiative ergriff. Schon immer träumte sie von Gewaltsamkeit, von Aggressivität, von Vergewaltigung. Es war ihr Traum, einen Mann zu haben, der sie zwang, ihm zu Willen zu sein, der sie sexuell beherrschte und führte.
Sie war diesem Mann gefällig, weil sie ihn liebte. Sie lernte, seinen Penis zu nehmen und ihn zu berühren, bis er erregt war, seinen Mund zu suchen und seine Zunge zu küssen, sich mit dem ganzen Körper an ihn zu schmiegen, ihn zu stimulieren. Manchmal legten sie sich hin und plauderten. Sie legte ihre Hand auf seinen Penis und fand, daß er hart war.

Dennoch machte er keine Bewegung auf sie zu. Langsam gewöhnte sie sich daran, ihren eigenen Wünschen, ihren eigenen Stimmungen Ausdruck zu verleihen. Sie verlor ihre Zurückhaltung, ihre Scheu.
Eines Abends bei einer Party auf dem Montparnasse lernte sie einen mexikanischen Maler kennen, einen gewaltigen, dunklen Mann mit schweren, kohlschwarzen Augen, Brauen und Haaren. Er war betrunken. Sie sollte noch feststellen, daß er fast immer betrunken war.
Ihr Anblick jedoch versetzte ihm einen tiefen Schock. Er raffte sich aus seiner unsicheren, taumelnden Haltung auf und stand vor ihr wie ein riesiger Löwe, der einem Raubtierbändiger ins Auge sieht. Irgend etwas an ihr bewirkte, daß er ganz still stand und versuchte, nüchtern zu wirken, sich aus dem Nebel, dem Dunst, in dem er ständig lebte, zu befreien. Irgend etwas an ihrem Gesicht bewirkte, daß er sich seiner vernachlässigten Kleidung, der Farbreste unter seinen Fingernägeln, seiner ungekämmten schwarzen Haare schämte. Sie andererseits war betroffen von diesem Bild eines Dämonen, jenes Dämons, den sie hinter dem Werk des amerikanischen Schriftstellers vergebens zu finden geglaubt hatte.
Er war riesig, ruhelos, destruktiv, liebte niemanden, fühlte sich niemandem und nichts verbunden, ein Tramp, ein Abenteurer. Er malte in den Ateliers seiner Freunde, mit geborgter Leinwand und Farbe, ließ seine Arbeit bei ihnen zurück und ging wieder davon. Zumeist lebte er bei den Zigeunern am Stadtrand von Paris. Er teilte ihr Leben in den Zigeunerwagen und zog mit ihnen durch ganz Frankreich. Er respektierte ihre Gesetze, bändelte mit keiner Zigeunerin an, spielte, wenn sie Geld brauchten, zusammen mit ihnen in Nigthclubs Gitarre und aß mit von ihren Mahlzeiten – die nicht selten aus gestohlenen Hühnern bestanden.
Als er Hilda kennenlernte, hatte er unmittelbar vor einem der Pariser Stadttore, in der Nähe der alten Barrikaden, die langsam zerfielen, seinen eigenen Zigeunerwagen stehen. Der Wagen war Eigentum eines Portugiesen gewesen, der die Wände mit bemaltem Leder bespannt hatte. Das Bett war, ähnlich wie Schiffskojen, ganz hinten im Wagen hängend befestigt. Die Fenster waren mit maurischen Bögen versehen. Die Decke war so niedrig, daß man nur mühsam stehen konnte.
Bei der Party am ersten Abend forderte Rango Hilda nicht zum Tanzen auf, obwohl seine Freunde die Musik machten. Das Licht im Atelier war gelöscht worden, weil von der Straße her ausreichend Licht hereinfiel, und viele Pärchen standen, die Arme umeinander gelegt, auf dem Balkon. Die Musik war träge und schmelzend.
Rango stand vor Hilda und starrte sie an. Dann fragte er sie: »Möchtest du spazierengehen?« Hilda bejahte. Rango schlenderte einher, die Hände in

den Taschen, eine Zigarette im Mundwinkel. Er war jetzt nüchtern, sein Kopf so klar wie die Nacht. Er schlug die Richtung zum Stadtrand ein. Sie kamen an die Hütten der Lumpensammler, kleine, windschiefe Buden, mit schrägem Dach und ohne Fenster: Durch die Spalten der Bretter und die roh zusammengehauenen Türen kam genügend Luft herein. Die Wege waren ungepflastert.

Ein bißchen weiter hinten stand eine Reihe Zigeunerwagen. Es war vier Uhr früh, und die Menschen schliefen. Hilda war schweigsam. Sie ging in Rangos Schatten mit dem überwältigenden Gefühl, aus sich herausgeholt zu werden, keinen Willen zu haben, nicht zu wissen, was mit ihr geschah, mit einem Gefühl des Dahintreibens.

Rangos Arme waren nackt. Hilda wußte nur noch eines: daß sie von diesen nackten Armen gepackt werden wollte. Er bückte sich und betrat seinen Wagen. Er entzündete eine Kerze. Er war zu groß für diesen niedrigen Raum, doch da sie kleiner war als er, konnte sie aufrecht stehen.

Die Kerzen warfen riesige Schatten. Sein Bett war aufgeschlagen, nichts weiter als eine Wolldecke. Überall waren Kleider verstreut. Es gab zwei Gitarren. Er nahm eine und begann, inmitten seiner Kleider sitzend, zu spielen. Hilda hatte ein Gefühl, als träume sie, dürfe den Blick nicht von diesen nackten Armen, von dieser Kehle wenden, die unter dem offenen Hemd zu sehen war, daß er nur dann fühle, was sie empfand, die gleiche magnetische Anziehungskraft.

Im selben Moment, da sie vermeinte, ins Dunkel, in sein goldbraunes Fleisch zu fallen, warf er sich auf sie, bedeckte sie mit seinen Küssen, mit seinen heißen, raschen Küssen, die er mit seinem Atem füllte. Er küßte sie hinter den Ohren, auf die Lider, auf den Hals, auf die Schultern. Sie war geblendet, betäubt, fast besinnungslos. Jeder Kuß schürte, wie ein Schluck Wein, die Hitze in ihrem Körper. Jeder Kuß steigerte die Glut seiner Lippen. Aber er machte keine Anstalten, ihr Kleid zu heben oder sie auszuziehen.

So lagen sie sehr lange da. Die Kerze war ausgebrannt. Sie zischte und verlosch. Im Dunkeln fühlte sie, wie seine glühende Trockenheit sie umfing – trocken und heiß wie Wüstensand.

Und dann machte Hilda, in ihrem Traum und der Trunkenheit seiner Küsse gefangen, jene Geste, die sie schon so oft gemacht hatte: Ihre Hand tastete nach seinem Gürtel mit der kalten Silberschnalle, fühlte unterhalb des Gürtels die Hosenknöpfe, spürte sein Verlangen.

Doch unvermittelt stieß er sie von sich, als hätte sie ihn verbrannt. Er stand auf, schwankte ein wenig, und entzündete eine neue Kerze. Sie verstand nicht, was vorging. Sie sah, daß er zornig war. Sein Blick war wütend. Seine Wangen mit den hohen Jochbögen, die immer zu lächeln

schienen, lächelten nicht mehr. Die Lippen hatte er fest zusammengepreßt.
»Was habe ich getan?« fragte sie ihn.
Er wirkte wie ein wildes, scheues Tier, dem man Gewalt angetan hat. Er wirkte gedemütigt, gekränkt, stolz, unberührbar. Sie wiederholte: »Aber was habe ich getan?« Sie wußte, daß sie etwas getan hatte, was sie nicht hätte tun sollen. Sie wollte ihm klarmachen, daß sie unschuldig war.
Er lächelte ironisch über ihre Blindheit. »Du hast die Geste einer Hure gemacht«, sagte er. Tiefe Scham, das Gefühl, zutiefst verletzt worden zu sein, überfiel sie. Die Frau in ihr, die darunter gelitten hatte, daß sie gezwungen war, zu handeln, wie sie es bei ihrem anderen Liebhaber getan hatte, die Frau, die so oft gezwungen worden war, ihre wirkliche Natur zu verleugnen, daß es ihr zur Gewohnheit geworden war, diese Frau begann nun haltlos zu weinen. Ihre Tränen berührten ihn nicht. Als sie sich erhob, sagte sie: »Auch wenn es das letztemal ist, daß ich hier bin, möchte ich dir etwas sagen. Eine Frau tut nicht immer das, was sie will. Jemand hat mich gelehrt ... Jemand, mit dem ich ein paar Jahre lang zusammengelebt habe, hat mich gezwungen ... gezwungen, so zu tun ...«
Rango hörte ihr zu. Sie fuhr fort: »Zuerst habe ich darunter gelitten, mein ganzes Wesen hat sich verändert ... Ich ...« Sie hielt inne.
Rango setzte sich neben sie. »Ich verstehe.« Er nahm seine Gitarre. Er spielte für sie. Sie tranken. Aber er berührte sie nicht. Langsam gingen sie dorthin zurück, wo sie wohnte. Erschöpft warf sie sich auf ihr Bett und schlief weinend ein, weinend nicht nur über Rango, den sie verloren hatte, sondern über den Verlust jenes Teils von ihr, den sie deformiert, den sie aus Liebe zu einem Mann verändert hatte.

Am nächsten Tag wartete Rango vor der Tür des kleinen Hotels auf sie. Er stand da, las und rauchte. Als sie herauskam, sagte er nur: »Komm mit Kaffee trinken.« Sie setzten sich ins Café *Martinique*, ein von Mulatten, Profiboxern und Rauschgiftsüchtigen besuchtes Lokal. Er hatte eine dunkle Ecke des Cafés gewählt, und jetzt beugte er sich zu ihr herüber und küßte sie. Er hörte nicht auf. Er ließ seinen Mund auf dem ihren liegen und rührte sich nicht. Sie schmolz unter seinem Kuß dahin.
Wie die Pariser Apachen wanderten sie durch die Straßen, küßten sich ununterbrochen und schlugen, halb unbewußt, die Richtung zu seinem Zigeunerwagen ein. Jetzt, im hellen Tageslicht, wimmelte es hier von Zigeunerinnen, die sich aufmachten, um auf dem Markt Spitzen zu verkaufen. Die Männer schliefen. Andere trafen Vorbereitungen für die Fahrt in den Süden. Rango sagte, er habe schon immer mit ihnen fahren wollen. Aber er hatte einen Job im Nightclub, der ihn fürs Gitarrespielen gut bezahlte.

»Und jetzt«, ergänzte er, »habe ich dich.«
Im Wagen bot er ihr Wein an, und sie rauchten. Und er küßte sie wieder. Er erhob sich, um den kleinen Vorhang zu schließen. Und dann entkleidete er sie, langsam, zog ihr vorsichtig die Strümpfe aus, die er mit seinen großen, braunen Händen behandelte, als wären sie aus feinstem Flor, unsichtbar. Er hielt inne, um ihre Strumpfbänder zu betrachten. Er küßte ihre Füße. Er lächelte ihr zu. Sein Gesicht war seltsam rein, leuchtete vor einer sehr jugendlichen Freude, und er entkleidete sie, als wäre sie seine erste Frau. Bei ihrem Rock stellte er sich ungeschickt an, hatte ihn aber dann schließlich doch geöffnet und untersuchte mit kindlicher Neugier den Verschluß. Etwas geschickter zog er ihr den Pullover über den Kopf, so daß sie nur im Höschen dasaß. Er fiel über sie her, küßte sie immer wieder auf den Mund. Dann zog er sich ebenfalls aus und fiel abermals über sie her. Als sie sich küßten, packte er ihr Höschen, zog es herab und flüsterte: »Du bist so zart, so klein! Ich kann kaum glauben, daß du ein Geschlecht hast.« Er teilte ihre Beine nur, um sie zu küssen. Sie spürte seinen harten Penis auf ihrem Bauch, aber er nahm ihn und drückte ihn nach unten. Verblüfft sah Hilda, daß er sich seinen Penis unbarmherzig zwischen die Beine schob, daß er seinen Trieb vor ihr versteckte. Es war, als mache es ihm Freude, sich zu verleugnen, während er sie andererseits mit seinen Küssen zum Wahnsinn trieb.
Hilda stöhnte vor Lust und erwartungsvoller Qual. Er legte sich auf sie, küßte nun ihren Mund, nun ihr Geschlecht, so daß der muschelähnliche Geschmack des Geschlechts in ihren Mund gelangte und sie sich in seinem Mund und Atem mischten.
Doch immer wieder versteckte er seinen Penis, und als sie sich vor unerfüllter Erregung erschöpft hatten, legte er sich auf sie und schlief ein wie ein Kind, die Fäuste geschlossen, den Kopf auf ihrer Brust. Hin und wieder streichelte er sie und murmelte: »Es ist unmöglich, daß du ein Geschlecht hast. Du bist zu zart und klein ... Du bist unwirklich ...« Seine Hand lag zwischen ihren Beinen. Sie ruhte an seinem Körper, der doppelt so groß war wie der ihre. Sie zitterte innerlich so sehr, daß sie nicht einschlafen konnte.
Sein Körper roch wie ein Wald aus kostbarem Holz; sein Haar wie Sandelholz, seine Haut wie Zeder. Es war, als hätte er immer unter Bäumen und Pflanzen gelebt. An seiner Seite liegend, der Erfüllung beraubt, hatte Hilda das Gefühl, der Frau in ihr werde nunmehr gelehrt, sich dem Manne zu unterwerfen, seinen Wünschen zu gehorchen. Sie hatte das Gefühl, daß er sie immer noch für ihre unbedachte Geste bestrafte, für ihre Ungeduld, ihren Versuch, die Initiative zu ergreifen. Er würde sie so lange erregen und unbefriedigt lassen, bis dieser Eigenwillen in ihr gebrochen war.

Hatte er verstanden, daß es eine unwillkürliche Geste gewesen war, eine, die ihr im Grunde gar nicht lag? Doch ob er es verstanden hatte oder nicht, er war blind entschlossen, sie sich zu unterwerfen. Immer wieder trafen sie sich, zogen sich aus, lagen nebeneinander, küßten und liebkosten sich bis zur Raserei, und jedesmal drückte er seinen Penis nach unten, versteckte ihn.

Immer wieder lag sie passiv da, ohne Verlangen, ohne Ungeduld zu zeigen. Sie befand sich in einem Zustand der Erregung, der ihr ganzes Empfindungsvermögen steigerte. Es war, als hätte sie eine neue Droge genommen, die ihren Körper für Liebkosungen, für Berührungen, ja, für die Luft selbst empfänglicher machte. Das Kleid auf ihrer Haut spürte sie wie eine Hand. Ihr schien, daß alles sie berührte wie eine Hand und ständig ihre Brüste, ihre Schenkel reizte. Sie hatte ein ganz neues Reich entdeckt, ein Reich der Spannung und Bewußtheit, einer erotischen Bewußtheit, wie sie sie noch nie erlebt hatte.

Eines Tages, als sie mit ihm spazierenging, verlor sie einen Schuhabsatz. Er mußte sie tragen. An jenem Abend nahm er sie bei Kerzenschein. Er glich einem Dämon, wie er über ihr kauerte, mit wirrem Haar, mit seinen kohlschwarzen Augen, die in die ihren brannten, mit seinem kraftvollen Penis, der in sie hineinstieß – in die Frau, von der er zuvor Unterwerfung, ja völliges Sichfügen in seinen Willen verlangt hatte. Bis er den Zeitpunkt für gekommen hielt.

Der Chanchiquito

Als Laura ungefähr sechzehn war, erzählte ihr, wie sie sich erinnerte, ein Onkel, der vor vielen Jahren in Brasilien gelebt hatte, endlose Geschichten aus diesem Land. Er lachte über die Hemmungen der Europäer. Wie er sagte, liebten die Brasilianer sich wie die Affen – oft und schnell; und die Frauen seien zugänglich und bereitwillig.
Jeder kannte seine begierige Sinnlichkeit. Lachend berichtete er von dem Rat, den er einmal einem Freund gegeben hatte, der nach Brasilien reisen wollte. »Dann mußt du aber zwei Hüte mitnehmen«, hatte er zu ihm gesagt.
»Warum?« fragte der Freund. »Ich möchte mich nicht mit zuviel Gepäck belasten.«
»Trotzdem«, beharrte Lauras Onkel hartnäckig. »Du mußt unbedingt zwei Hüte mitnehmen. Weil dir der Wind den einen vom Kopf wehen könnte.«
»Aber dann kann ich ihn doch aufheben«, meinte der Freund.
»In Brasilien«, entgegnete Lauras Onkel, »darf man sich nie bücken, sonst ...«
Außerdem behauptete er, in Brasilien gebe es ein Tier, das Chanchiquito genannt werde. Es sehe aus wie ein sehr kleines Schwein mit einer überlangen Schnauze. Der Chanchiquito klettere leidenschaftlich gern den Frauen unter die Röcke und stecke ihnen die Schnauze zwischen die Beine.
Eines Tages verabredete, ihrem Onkel zufolge, eine sehr vornehme und aristokratische Dame eine Zusammenkunft mit ihrem Anwalt wegen eines Testaments. Der Anwalt war ein weißhaariger, distinguierter alter Herr, den sie seit vielen Jahren kannte. Sie selbst war Witwe, eine äußerst zurückhaltende, imposante Frau, luxuriös gekleidet in weite Seidenröcke mit gestärktem Spitzenkragen und -manschetten und einem Schleier vor dem Gesicht. Sie saß so steif wie eine Figur auf einem alten Gemälde, eine Hand auf dem Sonnenschirmgriff, die andere auf der Armlehne des Sessels. Sie führten ein ruhiges, methodisches Gespräch über die Einzelheiten des Testaments.

Der alte Anwalt war früher einmal in die Dame verliebt gewesen, aber es war ihm selbst nach zehn Jahren Werbens nicht gelungen, sie zu erobern. Auch jetzt lag immer noch eine gewisse Andeutung von Flirt in ihren Stimmen, doch eines beeindruckend würdevollen Flirts, etwa wie altmodische Galanterie.

Die Zusammenkunft fand im Landhaus der Dame statt. Es war sehr warm, und alle Türen standen offen. Man sah die Berge. Die Indio-Bediensteten feierten irgendein Fest. Sie hatten das Haus mit Fackeln umringt. Möglicherweise aus Angst davor, und weil es aus diesem Flammenring nicht ausbrechen konnte, kam ein gewisses kleines Tier ins Haus gehuscht. Zwei Minuten darauf begann die alte Dame zu kreischen und wand sich hysterisch in ihrem Sessel. Die Bediensteten wurden gerufen. Der Medizinmann wurde geholt. Die alte Dame schloß sich mit ihm in ihrem Zimmer ein. Als der Medizinmann wieder herauskam, trug er den Chanchiquito auf dem Arm, und das Tier wirkte erschöpft, als hätte ihn dieser Ausflug beinahe das Leben gekostet.

Diese Geschichte hatte Laura geängstigt: die Vorstellung, ein Tier könne den Kopf zwischen ihre Beine stecken. Sie mochte ja nicht einmal den eigenen Finger hineinstecken. Gleichzeitig aber zeigte ihr die Geschichte, daß es zwischen den Beinen einer Frau Platz genug gab für eine überlange Tierschnauze.

Dann, eines Tages während der Ferien, als sie mit anderen Freundinnen auf dem Rasen spielte und sich zurücklehnte, um über diese oder jene Geschichte zu lachen, war plötzlich ein riesiger Polizeihund über ihr, schnupperte und roch an ihren Kleidern und steckte ihr seine Nase zwischen die Beine. Laura schrie auf und stieß ihn weg. Das Gefühl hatte Angst und Erregung zugleich in ihr geweckt.

Und jetzt lag Laura auf einem breiten, niedrigen Bett, die Röcke zerdrückt, die Haare gelöst und Rouge um ihren Mund verschmiert. Neben ihr lag ein Mann, doppelt so schwer und doppelt so groß wie sie und wie ein Arbeiter in Kordhose und Lederjacke gekleidet, die er geöffnet hatte, so daß man seinen nackten, von keinem Hemdkragen eingeengten Hals sehen konnte.

Sie drehte sich ein wenig zur Seite, um ihn zu betrachten. Sie sah, daß seine hohen Wangenknochen so geformt waren, daß er ständig zu lachen schien, und daß seine Augen an den äußeren Winkeln scheinbar humorvoll emporgezogen waren. Sein Haar wirkte ungepflegt, seine Bewegungen beim Rauchen waren lässig.

Jan war ein Künstler, der über den Hunger lachte, über die Arbeit, über die Sklaverei, über alles. Er lebte lieber wie ein Gammler, statt nicht mehr aufstehen zu können, wann er wollte, essen zu können, was er gerade fand

und wann es ihm paßte, malen zu können, wann immer die Arbeitslust ihn überkam.
Das Zimmer war angefüllt mit seinen Werken. Die Farbe auf seiner Palette war noch feucht. Er hatte Laura gebeten, für ihn zu posieren, und die Arbeit mit großem Eifer begonnen, wobei er sie nicht als Person betrachtete, sondern sich auf ihre Kopfform konzentrierte und darauf, wie dieser Kopf auf einem Hals ruhte, der viel zu schlank für sein Gewicht zu sein schien und ihr die Aura einer beinahe beängstigenden Zerbrechlichkeit verlieh. Sie hatte sich aufs Bett geworfen, und dann hatte er an ihrer Pose zu arbeiten begonnen. Sie blickte zur Decke.
Das Haus war alt, mit abgeblätterter Farbe und unregelmäßigem Verputz. Als sie hinaufblickte, begann der rauhe Putz mit seinen vielen Rissen Gestalt anzunehmen. Sie lächelte. Dort oben, in den wirren Linien und Spalten, erkannte sie alle möglichen Formen.
Zu Jan sagte sie: »Wenn du mit deiner Arbeit fertig bist, möchte ich, daß du mir eine Zeichnung an der Decke machst, eine Zeichnung, die eigentlich schon da ist, jedenfalls, wenn du siehst, was ich sehe . . .«
Jan war neugierig geworden, und außerdem hatte er keine Lust mehr zur Arbeit. Er hatte jenes frustrierende, schwierige Stadium der Füße und Hände erreicht, das er so haßte; nie konnte er sie richtig festhalten, deswegen versteckte er sie oft, wie Hände und Füße eines Krüppels, in einer Wolke formloser Hüllen und ließ die Zeichnung so, wie sie war, nur Körper, ein Körper ohne Füße zum Weglaufen und ohne Hände zum Streicheln.
Er wandte sich dem Betrachten der Decke zu. Dazu streckte er sich neben Laura aufs Bett und blickte interessiert empor, suchte die Formen, die sie erkannt hatte, und folgte den Umrissen, die sie mit dem Zeigefinger andeutete.
»Siehst du, da? Siehst du die Frau, die da liegt?«
Jan richtete sich ein wenig auf – da es sich um eine Dachkammer handelte, war die Decke in dieser Ecke sehr niedrig – und begann mit dem Kohlestift auf dem Verputz zu zeichnen. Zuerst skizzierte er Kopf und Schultern der Frau, dann fand er die Umrisse der Beine, die er bis zu den Zehen hinab vervollständigte.
»Der Rock! Der Rock! Ich sehe den Rock!« sagte Laura.
»Ich sehe ihn auch.« Jan zeichnete einen Rock, der eindeutig hochgeschlagen war und der Beine und Schenkel freilegte. Dann schwärzte Jan das Haar rings um ihr Geschlecht so sorgfältig, als male er Grashalm um Grashalm, und detaillierte die zusammenlaufende Linie der Beine. Und da lag die ganze Frau, schamlos offen, an der Zimmerdecke, wo Jan sie in Ruhe betrachten konnte – mit einer kleinen erotischen Reaktion, die Laura in seinen Augen entdeckte, und die sie eifersüchtig machte.

Um ihn zu ärgern, weil er die Frau betrachtete, sagt sie: »Direkt daneben sehe ich ein Tier, das aussieht wie ein sehr kleines Schwein.«
Mit gerunzelter Stirn begann Jan zu suchen, konnte es aber nicht entdecken. Deshalb begann er einfach drauflos zu zeichnen, folgte unregelmäßigen Kanten und wirren Linien, und gleich darauf nahm ein Hund Gestalt an, der die Frau bestieg. Mit einem letzten ironischen Kohlestrich umriß er das messerförmige Geschlecht des Hundes, das fast das Schamhaar der Frau berührte.
»Ich sehe noch einen Hund«, sagte Laura.
»Ich nicht«, antwortete Jan und legte sich lang aufs Bett, um seine Zeichnung zu bewundern, während Laura sich erhob und einen Hund zu zeichnen begann, der Jans Hund in der klassischen Pose von hinten bestieg, den struppigen Kopf auf dem Rücken des anderen, als wolle er ihn gleich verschlingen.
Dann machte sich Laura mit dem Kohlestift auf die Suche nach einem Mann. Sie wollte unbedingt einen Mann auf dem Bild. Sie wollte einen Mann, den sie betrachten konnte, während Jan die Frau mit dem zurückgeschlagenen Rock betrachtete. Sie fing an zu zeichnen, vorsichtig, denn die Striche durften nicht erfunden sein, und wenn sie sehr abwich, zu getreulich den Konturen des Verputzes folgte, gab es einen Baum, einen Busch oder einen Affen. Doch allmählich nahm der Körper eines Mannes Gestalt an. Gewiß, ohne Beine und mit einem sehr kleinen Kopf, aber das alles wurde mehr als wettgemacht durch sein überdimensionales Geschlecht, das ganz eindeutig in aggressiver Stimmung war, weil er beobachtete, wie sich die Hunde praktisch auf der liegenden Frau paarten.
Endlich war Laura zufrieden und legte sich ebenfalls zurück. Beide betrachteten lachend die Zeichnung, und dann begann Jan mit seinen groben, farbfleckigen Händen unter ihrem Rock umherzutasten, als zeichne er, forme mit einem Stift die Konturen; liebevoll berührte er jede Linie, ließ seine Hände allmählich die Beine emporwandern und vergewisserte sich, daß er auch jede Stelle geliebkost hatte.
Lauras Beine waren, wie die der Frau an der Decke, leicht geschlossen, die Zehen gestreckt wie die einer Ballerina, so daß Jans Hand, als sie ihre Schenkel erreichte und sich dazwischenschieben wollte, sie mit sanfter Gewalt teilen mußte. Voll Nervosität leistete Laura Widerstand, als wolle sie nicht anders sein als die Frau an der Decke, nur entblößt, das Geschlecht verdeckt, die Beine geschlossen. Jan arbeitete schwer daran, ihre starre Geschlossenheit zu lösen, er machte es sehr sanft, aber sehr hartnäckig, zog mit den Fingern magische Kreise auf ihrem Fleisch, als könne er dadurch bewirken, daß ihr Blut schneller kreiste, und dann vielleicht noch etwas schneller.

Während Laura zu der Frau emporblickte, öffnete sie die Beine. Etwas berührte ihre Schenkel, wie die Schenkel der Frau von dem erigierten Geschlecht des Hundes berührt wurden, und sie hatte das Gefühl, als paarten sich die Hunde unmittelbar auf ihrem Körper. Jan bemerkte, daß sie nicht ihn fühlte, sondern das Bild. Er schüttelte sie vor Zorn und nahm sie, als wolle er sie bestrafen, mit so anhaltender, sturer Wildheit, daß er nicht aufhörte, bis sie um Erlösung schrie. Inzwischen aber sah keiner von ihnen mehr zur Decke, sondern sie lagen, in die Bettlaken gewickelt, halb zugedeckt und mit verschlungenen Beinen da. So schliefen sie ein, und die Farbe auf der Palette begann zu trocknen.

Die Ausreißerin

Pierre teilte sich die Wohnung mit Jean, einem Mann, viel jünger als er. Eines Tages brachte Jean ein junges Mädchen mit, das er auf der Straße aufgelesen hatte. Er hatte erkannt, daß sie keine Prostituierte war. Sie war etwa sechzehn, mit kurzem jungenhaftem Haarschnitt und jugendlich-unfertiger Figur, mit zwei kleinen, spitzen Brüsten. Sie hatte sofort, aber ein wenig benommen, auf Jeans Worte reagiert. »Ich bin zu Hause ausgerissen«, sagte sie.

»Und wohin willst du? Hast du Geld?«

»Ich habe kein Geld. Und keinen Platz, wo ich schlafen kann.«

»Dann komm mit«, sagte Jean. »Ich mache dir etwas zu essen und gebe dir einen Platz zum Schlafen.« Sie folgte ihm mit unglaublicher Fügsamkeit.

»Wie heißt du?«

»Jeanette.«

»Oh, dann passen wir ja zusammen! Ich heiße Jean.«

Es gab zwei Schlafzimmer in der Wohnung, jedes mit einem Doppelbett. Zuerst hatte Jean wirklich beabsichtigt, das Mädchen zu retten und selbst in Pierres Bett zu schlafen. Pierre war nicht nach Hause gekommen. Er empfand kein Verlangen nach dem Mädchen, nur eine Art Mitleid, weil es so verloren wirkte. Er machte ihr das Abendessen. Dann sagte Jeanette, daß sie müde sei. Jean gab ihr einen von seinen Pyjamas, führte sie in sein Zimmer und ließ sie allein.

Kurz nachdem er in Pierres Zimmer war, hörte er, wie sie ihn rief. Sie saß im Bett wie ein müdes Kind und wollte, daß er sich zu ihr setzte. Sie bat ihn, ihr einen Gutenachtkuß zu geben. Ihre Lippen waren unerfahren. Sie gab ihm einen sanften, unschuldigen Kuß, der Jean nichtsdestoweniger erregte. Er verlängerte den Kuß und schob seine Zunge in ihren weichen, kleinen Mund. Sie duldete es mit derselben Fügsamkeit, die sie bewiesen hatte, als sie am Nachmittag mit ihm ging.

Jetzt verstärkte sich Jeans Erregung. Er streckte sich neben ihr aus. Das schien ihr zu gefallen. Ihre Jugend beängstigte ihn ein wenig, aber er glaubte nicht, daß sie noch unberührt war. Die Art, wie sie küßte, war

kein Beweis für ihn. Er hatte viele Frauen gekannt, die nicht küssen konnten, aber genau wußten, wie man einen Mann auf andere Art festhalten und ihn mit großer Bereitwilligkeit aufnehmen kann.
Er begann sie das Küssen zu lehren. »Gib mir deine Zunge, wie ich dir meine gegeben habe«, verlangte er. Sie gehorchte.
»Gefällt dir das?« fragte er. Sie nickte.
Dann, als er sich hinlegte, um sie zu betrachten, stützte sie sich auf einen Ellbogen, streckte ganz ernst die Zunge heraus und schob sie Jean zwischen die Lippen.
Das bezauberte ihn. Sie war eine gelehrige Schülerin. Er zeigte ihr, wie man die Zunge bewegte, wie man mit ihr spielte. Lange hingen sie aneinander, bevor er andere Liebkosungen wagte. Dann erkundete er ihre kleinen Brüste. Sie reagierte auf sein leichtes Kneifen und Küssen.
»Hast du wirklich noch nie einen Mann geküßt?« fragte er ungläubig.
»Nein«, antwortete das Mädchen ernst. »Aber ich hab's schon immer tun wollen. Deswegen bin ich ausgerissen. Ich wußte, daß meine Mutter mich weiterhin versteckt halten wollte. Während sie selbst ständig Männer empfing. Ich habe sie genau gehört. Meine Mutter ist sehr schön, und oft kamen Männer und schlossen sich mit ihr ein. Aber sie wollte nie, daß ich sie sah, oder daß ich allein aus dem Haus ging. Und ich wollte doch ein paar Männer für mich allein haben.«
»Ein paar?« fragte Jean amüsiert lachend. »Ist einer denn nicht schon genug?«
»Das weiß ich noch nicht«, antwortete sie ebenso ernst wie zuvor. »Das muß ich erst sehen.«
Jetzt wandte Jean seine ganze Aufmerksamkeit Jeanettes festen, spitzen Brüsten zu. Er küßte und liebkoste sie. Jeanette beobachtete ihn zutiefst interessiert. Als er aufhörte, um sich auszuruhen, knöpfte sie plötzlich sein Hemd auf, legte ihre jungen Brüste an seine Brust und rieb sich daran wie eine träge, sinnliche Katze. Jean war verblüfft über ihre Begabung zur Liebe. Sie machte schnell Fortschritte. Sie hatte genau gewußt, wie ihre Brustspitzen die seinen berühren, wie sie sich an seiner Brust reiben mußte, um ihn zu erregen.
Nunmehr schlug er die Decke zurück und wollte die Schnur ihres Pyjamas lösen. Aber sie bat ihn, das Licht auszumachen.
Pierre kam gegen Mitternacht heim, und als er an Jeans Zimmer vorbeikam, hörte er das Stöhnen einer Frau, das er als Luststöhnen erkannte. Er blieb stehen. Er konnte sich die Szene hinter der Tür genau vorstellen. Das Stöhnen erklang rhythmisch, zuweilen wie das Gurren einer Taube. Pierre konnte nicht widerstehen und lauschte.
Am nächsten Tag erzählte ihm Jean von Jeanette. »Weißt du«, sagte er, »ich dachte, sie wäre einfach ein junges Mädchen, und sie war ... sie war

noch Jungfrau, aber du hast noch nie ein solches Talent zur Liebe erlebt! Sie ist unersättlich. Sie hat mich schon ganz ausgelaugt.«

Dann ging er zur Arbeit und blieb den ganzen Tag fort. Pierre blieb zu Hause. Um die Mittagszeit kam Jeanette schüchtern heraus und fragte, ob sie wohl etwas zu essen bekommen könne. Also aßen sie gemeinsam. Nach dem Essen verschwand sie wieder, bis Jean heimkam. So ging es auch am folgenden Tag. Und am darauffolgenden. Sie war so still wie eine Maus. Doch jeden Abend hörte Pierre das Stöhnen und Gurren, die Taubenlaute hinter der Tür. Nach acht Tagen bemerkte er, daß Jean müde wurde. Denn erstens war Jean doppelt so alt wie Jeanette, und dann hatte Jeanette, ihre Mutter vor Augen, wahrscheinlich versucht, sie zu übertreffen.

Am neunten Tag blieb Jean die ganze Nacht fort. Jeanette kam und weckte Pierre. Sie war beunruhigt. Sie dachte, Jean hätte einen Unfall gehabt. Aber Pierre ahnte die Wahrheit. Jean war ihrer tatsächlich überdrüssig geworden und wollte ihrer Mutter mitteilen, wo sie sich aufhielt. Aber er hatte ihre Adresse nicht aus Jeanette herausholen können. Deshalb war er einfach fortgeblieben.

Pierre versuchte Jeanette nach Kräften zu trösten und ging wieder schlafen. Jeanette wanderte ziellos in der Wohnung umher, nahm Bücher zur Hand und legte sie wieder hin, versuchte etwas zu essen, die Polizei anzurufen. Jede Stunde in dieser Nacht kehrte sie zu Pierre zurück, um mit ihm über ihre Ängste zu sprechen, und jedesmal sah sie ihn sehnsüchtig und hilflos an.

Schließlich wagte sie es, ihn zu fragen: »Glaubst du, Jean will mich nicht länger hier behalten? Meinst du, ich sollte lieber gehen?«

»Ich finde, du solltest nach Hause zurückkehren«, antwortete Pierre, müde und schläfrig und dem jungen Mädchen gegenüber absolut gleichgültig.

Am nächsten Tag jedoch war sie immer noch da, und nun geschah etwas, das seine Gleichgültigkeit beendete.

Jeanette saß am Fußende seines Bettes und unterhielt sich mit ihm. Sie trug ein sehr leichtes Kleid, das sie umspielte wie eine Duftwolke, lediglich eine Hülle, die das Parfüm ihres Körpers festhielt. Eine vielfältige Duftmischung, stark und durchdringend; Pierre nahm alle Nuancen wahr: den bitteren, starken Geruch der Haare; ein paar Schweißtropfen an ihrem Hals, unter den Brüsten, den Armen; ihren Atem, zugleich säuerlich und süß, wie eine Mischung aus Zitrone und Honig; und darunter den Duft ihrer Weiblichkeit, den die Sommerhitze geweckt hatte, wie sie den Duft der Blumen weckte.

Er wurde sich seines Körpers bewußt, spürte das Streicheln seines Pyjamas auf der Haut, spürte, daß seine Jacke auf der Brust offenstand und daß sie seinen Geruch wahrscheinlich ebenso deutlich roch wie er den ihren.

Und plötzlich machte sich voll Macht seine Begierde bemerkbar. Er zog Jeanette zu sich herüber, zog sie neben sich ins Bett. Durch den dünnen Stoff spürte er ihren Körper. Gleichzeitig dachte er daran, wie Jean sie stundenlang zum Stöhnen und Gurren gebracht hatte, und fragte sich, ob er das ebenfalls können werde. Niemals zuvor war er einem anderen Mann, der gerade eine Frau liebte, so nahe gewesen, nie hatte er so deutlich die Laute einer Frau gehört, die von der Lust zur Erschöpfung getrieben wurde. Er hatte reichlich Beweise für seine Erfolge als guter und zufriedenstellender Liebhaber. Doch als er jetzt Jeanette zu lieben begann, setzte sich Zweifel in ihm fest – und so große Angst, daß sein Begehren erlosch.

Jeanette merkte erstaunt, daß Pierre mitten in seinen leidenschaftlichen Liebkosungen plötzlich schlaff wurde. Sie empfand Verachtung für ihn. Sie war noch zu unerfahren, um sich zu sagen, daß dies unter bestimmten Umständen jedem Mann passieren könne, daher tat sie auch nichts, um die Umarmung fortzusetzen. Sondern legte sich zurück, seufzte und blickte zur Decke. Da küßte Pierre sie auf den Mund, und das fand sie schön. Er hob ihr leichtes Kleid, betrachtete die jungen Beine, zog die runden Strumpfbänder herab. Der Anblick ihrer Strümpfe, die sich zu rollen begannen, und des winzigen, weißen Höschens, das sie trug, die Enge des Geschlechts, das er unter seinen Fingern spürte, erregten ihn von neuem, lösten in ihm ein heftiges Verlangen aus, sie zu nehmen und ihr, die so nachgiebig und feucht war, Gewalt anzutun. Er stieß sein mächtiges Geschlecht in sie hinein und spürte, wie eng sie war. Das begeisterte ihn. Ihr Geschlecht schloß sich um seinen Penis wie ein Futteral, weich und zärtlich.

Er fühlte, wie seine Kraft zurückkehrte, seine gewohnte Kraft und Geschicklichkeit. An jeder ihrer Bewegungen erkannte er, wo sie berührt werden wollte. Als sie sich an ihn schmiegte, bedeckte er ihre kleinen, runden Gesäßbacken mit seinen warmen Händen, und sein Finger berührte ihre Öffnung. Sie zuckte zusammen, gab aber keinen Laut von sich.

Doch Pierre wartete auf diesen Laut, auf einen Laut der Zustimmung, der Ermunterung. Den Jeanette jedoch nicht äußerte. Pierre lauschte darauf, während er immer weiter in sie hineinstieß. Dann hielt er inne, zog seinen Penis heraus und umkreiste nur mit der Spitze die Öffnung ihres kleinen, rosigen Geschlechts.

Sie lächelte ihm zu und gab sich ihm hin, äußerte aber noch immer keinen Laut. Empfand sie keine Lust? Was hatte Jean nur mit ihr gemacht, daß er ihr solche Lustschreie entlockt hatte? Er versuchte es mit allen Positionen.

Er hob sie an der Taille zu sich herauf, hob ihr Geschlecht zu sich empor, kniete sich hin, um besser in sie hineinstoßen zu können, aber sie gab keinen Laut von sich. Er drehte sie um und nahm sie von hinten. Seine Hände waren überall. Sie keuchte und war feucht, aber sie schwieg. Pierre berührte ihr kleines Hinterteil, liebkoste ihre kleinen Brüste, biß sie in die Lippen, küßte ihr Geschlecht, stieß sein Geschlecht erst heftig in sie hinein, dann sanft, dann ließ er es in ihr kreisen. Sie aber blieb stumm.
Voller Verzweiflung bat er sie: »Sag mir, wenn du's willst, sag mir, wenn du's willst.«
»Komm jetzt«, antwortete sie sofort, als hätte sie nur darauf gewartet.
»Du willst es?« fragte er abermals, voller Zweifel.
»Ja«, antwortete sie, doch ihre Passivität machte ihn unsicher. Er verlor den Wunsch, zu kommen, sie zu genießen. Sein Verlangen erstarb in ihr. Er entdeckte einen Ausdruck der Enttäuschung auf ihrem Gesicht.
Dann war sie es, die zu ihm sagte: »Ich nehme an, du findest mich nicht so attraktiv wie andere Frauen.«
Pierre war verblüfft. »Selbstverständlich finde ich dich attraktiv, aber du scheinst keine Lust zu empfinden, und das irritiert mich.«
»Aber ich *habe* doch Lust empfunden«, behauptete Jeanette erschrocken. »Selbstverständlich! Ich fürchtete nur, daß Jean heimkommen und mich hören könnte. Ich dachte, wenn er kommt und mich hier findet, und wenn er mich dann wenigstens nicht hört, denkt er vielleicht, du hättest mich gegen meinen Willen genommen. Aber wenn er mich hört, weiß er, daß ich Lust empfinde, und ist gekränkt, denn er sagt immer zu mir: ›Du magst es, du magst es, nicht wahr? Dann sag es auch, los doch, rede, schreie, du magst es, nicht wahr? Es macht mich ganz wild, du empfindest Lust, nicht wahr? Also *sag* es, *sprich*, *was* empfindest du?‹ Ich kann nicht sagen, *was* ich empfinde, aber ich muß einfach schreien, und dann ist er glücklich, und das erregt ihn.«
Jean hätte eigentlich wissen müssen, was Jeanette und Pierre trieben, wenn er nicht da war, aber er konnte einfach nicht glauben, daß Pierre sich wirklich für sie interessieren könnte; dafür war sie noch zu sehr Kind. Darum war er auch sehr überrascht, als er heimkam und feststellte, daß Jeanette doch geblieben und daß Pierre durchaus bereit war, sie zu trösten, mit ihr gemeinsam auszugehen.
Es bereitete Pierre Vergnügen, Kleider für sie zu kaufen. Zu diesem Zweck begleitete er sie in die Geschäfte und wartete, während sie in den kleinen, dafür bestimmten Kabinen Kleider anprobierte. Es entzückte ihn, durch einen Schlitz in den hastig zugezogenen Vorhängen nicht nur Jeanette zu sehen, deren jungmädchenhafter Körper ein Kleid nach dem anderen überzog, sondern auch andere Frauen. Er saß ruhig vor den Ankleidekabinen in einem Sessel und rauchte. Er sah Ausschnitte von

Schultern, bloßen Rücken, Beinen durch den Vorhangschlitz schimmern. Und Jeanettes Dankbarkeit für die Kleider, die er ihr schenkte, nahm die Form einer Koketterie an, vergleichbar nur den Gesten von Stripteasetänzerinnen. Sie konnte es kaum erwarten, bis sie das Geschäft wieder verließen und sie sich beim Gehen an ihn schmiegen konnte. »Sieh mich an«, forderte sie dann. »Ist es nicht wunderschön?« Und streckte provokativ die Brust heraus.

Sobald sie in einem Taxi saßen, wollte sie, daß er den Stoff befühlte, die Knöpfe bewunderte, den Ausschnitt zurechtzupfte. Genüßlich streckte sie sich, um zu sehen, wie eng das Kleid saß; sie streichelte den Stoff, als wäre es ihr eigene Haut.

So begierig sie gewesen war, das Kleid anzuziehen, so begierig schien sie nun zu sein, es wieder abzulegen, damit Pierre es befingern, zerdrücken, mit seinem Verlangen taufen konnte.

Sie schmiegte sich an ihn, in ihrem neuen Kleid, und das brachte ihm deutlich ihre Lebendigkeit zu Bewußtsein. Und wenn sie schließlich zu Hause waren, wollte sie sich mit ihm in seinem Zimmer einschließen, damit er sich das Kleid zu eigen machte, wie er es mit ihrem Körper gemacht hatte, gab nicht eher Ruhe, bis sich Pierre aufgrund der Reibung, der Bewegung ihrer Hüften getrieben fühlte, ihr das Kleid vom Leib zu reißen. War das geschehen, blieb sie nicht in seinen Armen, sondern schlenderte in der Unterwäsche im Zimmer umher, bürstete sich die Haare, puderte sich das Gesicht und tat, als wäre das alles, was abzulegen sie beabsichtigte, und Pierre müsse sich mit ihr so zufriedengeben, wie sie jetzt war.

Sie trug immer noch hochhackige Schuhe, Strümpfe, Strumpfbänder, und zwischen Strumpfbändern und Höschenrand, zwischen Taille und dem kleinen Büstenhalter schimmerte je ein Streifen weißer Haut.

Nach einer Weile versuchte Pierre sie festzuhalten. Er wollte sie ausziehen. Es gelang ihm lediglich, ihren Büstenhalter zu lösen, da entschlüpfte sie seinen Armen schon wieder, um ihm einen kleinen Tanz vorzuführen. Sie wollte ihm alle Schritte zeigen, die sie kannte. Pierre bewunderte ihre Grazie.

Er fing sie im Vorübertanzen ein, aber sie wollte nicht zulassen, daß er ihr Höschen berührte. Sie duldete nur, daß er ihr Strümpfe und Schuhe auszog. In diesem Moment hörte sie Jean kommen.

So, wie sie war, lief sie zur Tür hinaus, um ihm entgegenzueilen. Nackt bis auf das Höschen, warf sie sich in seine Arme. Dann sah Jean Pierre, der ihr gefolgt war – ärgerlich, weil er um seine Befriedigung betrogen worden war, ärgerlich, weil sie ihm Jean vorgezogen hatte.

Jean begriff. Doch er begehrte Jeanette nicht mehr. Er wollte sie los sein. Sie begann zu packen, kleidete sich an, wollte die Wohnung verlassen.

Pierre stellte sich ihr in den Weg, trug sie in sein Zimmer zurück und warf sie aufs Bett.
Diesmal wollte er sie haben, koste es, was es wolle. Der Ringkampf war anregend: sein rauher Anzug auf ihrer Haut, seine Knöpfe auf ihren empfindsamen Brüsten, seine Schuhe gegen ihre nackten Füße. In diesem Durcheinander von Härte und Weiche, Kälte und Wärme, Starre und Nachgeben empfand Jeanette Pierre zum erstenmal als Herrn und Meister. Das spürte er. Er riß ihr das Höschen herunter und entdeckte, wie feucht sie war.
Und dann ergriff ihn ein teuflisches Verlangen, ihr weh zu tun. Er führte nur einen Finger ein. Als er den Finger bewegt hatte, bis Jeanette ihn um Befriedigung anflehte und sich vor Erregung wand, hielt er inne.
Vor ihren erstaunten Augen ergriff er seinen erigierten Penis, streichelte ihn und schenkte sich selbst soviel Lust, wie er nur herausholen konnte, benutzte manchmal nur zwei Finger, manchmal die ganze Hand, und Jeanette sah deutlich jede einzelne Kontraktion. Es war, als halte er einen bebenden Vogel in der Hand, einen gefangenen Vogel, der sie anspringen wollte, den Pierre aber zu seinem eigenen Vergnügen behielt. Fasziniert starrte sie auf Pierres Penis. Sie näherte ihm ihr Gesicht. Aber sein Zorn auf sie, weil sie aus dem Zimmer zu Jean gelaufen war, war noch zu frisch.
Sie kniete vor ihm nieder. Obwohl ihr zwischen den Beinen das Blut pochte, vermeinte sie, wenn sie nur wenigstens seinen Penis küssen dürfte, werde das ihr Verlangen stillen. Pierre ließ sie knien. Er schien seinen Penis ihrem Mund darbieten zu wollen, tat es aber nicht. Er fuhr fort, ihn zu massieren, genoß voll Trotz die eigenen Bewegungen, als wolle er sagen: »Ich brauche dich nicht.«
Jeanette warf sich aufs Bett und wurde hysterisch. Ihre ungezügelten Bewegungen, die Art, wie sie den Kopf rücklings ins Kissen preßte, damit sie nicht mehr mit ansehen mußte, wie Pierre sich selbst liebkoste, die Art, wie sich ihr Körper bog – das alles erregte Pierre sehr. Aber noch immer gab er ihr seinen Penis nicht frei. Sondern barg sein Gesicht zwischen ihren Beinen. Jeanette fiel zurück und wurde ruhiger. Leise murmelte sie vor sich hin.
Pierres Mund schlürfte den frischen Schaum zwischen ihren Beinen, ließ sie aber nicht zum Höhepunkt kommen. Er reizte sie. Sobald er spürte, daß der Rhythmus ihrer Lust begann, hörte er auf. Er hielt ihre Beine gespreizt. Seine Haare fielen auf ihren Bauch und streichelten sie. Mit der linken Hand griff er nach einer ihrer Brüste. Jeanette lag da, fast ohnmächtig. Jetzt wußte er, daß Jean ruhig hereinkommen konnte: Sie würde ihn nicht mehr bemerken. Sie stand ganz unter dem Bann von Pierres Fingern, erwartete die Lust von ihm. Und als schließlich sein

erigierter Penis ihren weichen Körper berührte, war es, als hätte er sie verbrannt; sie erschauerte. Nie hatte er ihren Körper so hingegeben gesehen, so unempfindlich gegen alles, bis auf den Wunsch, genommen und befriedigt zu werden. Sie blühte auf unter seinen Liebkosungen – jetzt nicht mehr Mädchen, sondern Frau.

Anaïs Nin wurde 1903 in Neuilly bei Paris als Tochter des spanischen Musikers und Komponisten Joaquin Nin geboren. Später verließ der von ihr abgöttisch verehrte Vater die Familie, was sie nie ganz verwunden hat. Als Dreizehnjährige kam sie in die USA. Schon damals begann sie ein Tagebuch zu schreiben. Mit fünfzehn Jahren verließ sie die Schule und versuchte sich als Autodidakt in Bibliotheken weiterzubilden. In den zwanziger Jahren heiratete sie Hugh Guiler und ließ sich in Louveciennes bei Paris nieder. Seit 1931 war Anaïs Nin mit Henry Miller befreundet. Beide haben sich künstlerisch stark beeinflußt. Ihr ist es auch gelungen, einen Verleger für Millers *Wendekreis des Krebses* zu finden.

In ihrem Heim in Greenwich Village verkehrten viele Künstler, u. a. Dalí, Max Ernst, Yves Tanguy, Tennessee Williams, William Saroyan und Miller. 1932 erschien *D. H. Lawrence – An Unprofessional Study*, ihre erste größere Arbeit als Schriftstellerin. Im Frühjahr 1966 wurden die ersten Proben aus ihren Tagebüchern veröffentlicht, die aber schon lange vorher als die bedeutsamste Confessio des Jahrhunderts galten. Inzwischen ist der größte Teil ihrer Tagebücher in deutscher Sprache erschienen. Erst fünfunddreißig Jahre nach der Niederschrift ihrer erotischen Erzählung *Das Delta der Venus* gab sie die Genehmigung zur Veröffentlichung. Anaïs Nin ist 1976 in Kalifornien gestorben.

Von Anaïs Nin sind außerdem erschienen:

Djuna oder Das Herz mit den vier Kammern (Band 01270)
Henry, June und ich (Band 03252)
Briefe der Leidenschaft 1932–1953 (und Henry Miller; Band 03159)
Das Kindertagebuch 1914–1919 (Band 60203)
Das Kindertagebuch 1919–1920 (Band 60204)
Tagebücher 1920–1921 (Band 60420)
Tagebücher 1921–1923 (Band 60421; 4/97)
Das Delta der Venus (Band 60667, Band 00742)
Die neue Empfindsamkeit (Band 65052)
Sanftmut des Zorns (Band 65054)
Haus des Inzests (Band 65057)
Kinder des Albatros (Band 65084)

Vollständige Taschenbuchausgabe März 1997
Dieses Taschenbuch ist auch unter der Bandnummer 00806 erhältlich.
Droemersche Verlagsanstalt Th. Knaur Nachf., München
Lizenzausgabe mit freundlicher Genehmigung des Scherz Verlages,
Bern und München

Titel der Originalausgabe: »Little Birds«

Der Abdruck der Zeichnungen von Gustav Klimt erfolgte mit freundlicher
Genehmigung des Verlages Galerie Welz, Salzburg
Umschlaggestaltung: Angela Dobrick, Hamburg
Druck und Bindung: Elsnerdruck, Berlin
Printed in Germany
ISBN 3-426-60668-2

2 4 5 3 1